——阅读之前 没有真相

午 夜 文 库

阿加莎·克里斯蒂

赫尔克里·波洛系列

阿加莎·克里斯蒂
Agatha Christie (1890—1976)

无可争议的侦探小说女王，侦探文学史上最伟大的作家之一。

阿加莎·克里斯蒂原名为阿加莎·玛丽·克拉丽莎·米勒，一八九〇年九月十五日生于英国德文郡托基的阿什菲尔德宅邸。她几乎没有接受过正规的教育，但酷爱阅读，尤其痴迷于歇洛克·福尔摩斯的故事。

第一次世界大战期间，阿加莎·克里斯蒂成了一名志愿者。战争结束后，她创作了自己的第一部侦探小说《斯泰尔斯庄园奇案》。几经周折，作品于一九二〇年正式出版，由此开启了克里斯蒂辉煌的创作生涯。一九二六年，《罗杰疑案》由哈珀柯林斯出版公司出版。这部作品一举奠定了阿加莎·克里斯蒂在侦探文学领域不可撼动的地位。之后，她又陆续出版了《东方快车谋杀案》《ABC 谋杀案》《尼罗河上的惨案》《无人生还》《阳光下的罪恶》等脍炙人口的作品。时至今日，这些作品依然是世界侦探文学宝库里最宝贵的财富。根据她的小说改编而成的舞台剧《捕鼠器》，已经成为世界上公演场次最多的剧目；而在影视改编方面，《东方快车谋杀案》为英格丽·褒曼斩获奥斯卡大奖，《尼罗河上的惨案》更是成为几代人心目中的经典。

阿加莎·克里斯蒂的创作生涯持续了五十余年，总共创作了八十余部侦探小说。她的作品畅销全世界一百多个国家和地区，累计销量已经突破二十亿册。她创造的小胡子侦探波洛和老处女侦探马普尔小姐为读者津津乐道。阿加莎·克里斯蒂是柯南·道尔之后最伟大的侦探小说作家，是侦探文学黄金时代的开创者和集大成者。一九七一年，英国女王授予克里斯蒂爵士称号，以表彰其不朽的贡献。

一九七六年一月十二日，阿加莎·克里斯蒂逝世于英国牛津郡沃灵福德家中，被安葬于牛津郡的圣玛丽教堂墓园，享年八十五岁。

阿加莎·克里斯蒂 侦探作品年表

波洛系列

1920 The Mysterious Affair at Styles《斯泰尔斯庄园奇案》

1923 Murder on the Links《高尔夫球场命案》

1924 Poirot Investigates《首相绑架案》

1926 The Murder of Roger Ackroyd《罗杰疑案》

1927 The Big Four《四魔头》

1928 The Mystery of the Blue Train《蓝色列车之谜》

1932 Peril at End House《悬崖山庄奇案》

1933 Lord Edgware Dies《人性记录》

1934 Murder on the Orient Express《东方快车谋杀案》

1935 Three—Act Tragedy《三幕悲剧》

1935 Death in the Clouds《云中命案》

1936 The ABC Murders《ABC 谋杀案》

1936 Murder in Mesopotamia《古墓之谜》

1936 Cards on the Table《底牌》

1937 Dumb Witness《沉默的证人》

1937 Death on the Nile《尼罗河上的惨案》

1937 Murder in the Mews《幽巷谋杀案》

1938 Appointment with Death《死亡约会》

1938 Hercule Poirot's Christmas《波洛圣诞探案记》

1940 Sad Cypress《H 庄园的午餐》

1940 One, Two, Buckle My Shoe《牙医谋杀案》

1941 Evil Under the Sun《阳光下的罪恶》

1943 Five Little Pigs《五只小猪》

1946 The Hollow《空幻之屋》

1947 The Labours of Hercules《赫尔克里·波洛的丰功伟绩》

1948 Taken at the Flood《顺水推舟》

1952 Mrs. McGinty's Dead《清洁女工之死》

1953 After the Funeral《葬礼之后》

1955 Hickory Dickory Dock《山核桃大街谋杀案》

1956 Dead Man's Folly《弄假成真》

1959 Cat Among the Pigeons《鸽群中的猫》

1960 The Adventure of the Christmas Pudding《雪地上的女尸》

1963 The Clocks《怪钟疑案》
1966 Third Girl《第三个女郎》
1969 Hallowe'en Party《万圣节前夜的谋杀》
1972 Elephants Can Remember《大象的证词》
1974 Poirot's Early Stories《蒙面女人》
1975 Curtain—Poirot's Last Case《帷幕》

马普尔小姐系列

1930 The Murder at the Vicarage《寓所谜案》
1932 The Thirteen Problems《死亡草》
1942 The Body in the Library《藏书室女尸之谜》
1943 The Moving Finger《魔手》
1950 A Murder Is Announced《谋杀启事》
1952 They Do It with Mirrors《借镜杀人》
1953 A Pocket Full of Rye《黑麦奇案》
1957 4.50 from Paddington《命案目睹记》
1962 The Mirror Crack'd from Side to side《破镜谋杀案》
1964 A Caribbean Mystery《加勒比海之谜》
1965 At Bertram's Hotel《伯特伦旅馆》
1971 Nemesis《复仇女神》
1976 Sleeping Murder《沉睡谋杀案》
1979 Miss Marple's Final Cases《马普尔小姐最后的案件》

其他系列及非系列

1922 The Secret Adversary《暗藏杀机》
1924 The Man in the Brown Suit《褐衣男子》
1925 The Secret of Chimneys《烟囱别墅之谜》
1929 Partners in Crime《犯罪团伙》
1929 The Seven Dials Mystery《七面钟之谜》
1930 The Mysterious Mr. Quin《神秘的奎因先生》
1931 The Sittaford Mystery《斯塔福特疑案》
1933 The Witness for the Prosecution and Other Stories《控方证人》
1934 Why Didn't They Ask Evans?《悬崖上的谋杀》

1934 The Listerdale Mystery《金色的机遇》
1934 Parker Pyne Investigates《惊险的浪漫》
1939 Murder Is Easy《逆我者亡》
1939 And Then There Were None《无人生还》
1941 N or M?《桑苏西来客》
1944 Towards Zero《零点》
1945 Sparkling Cyanide《闪光的氰化物》
1945 Death Comes as the End《死亡终局》
1949 Crooked House《怪屋》
1950 Three Blind Mice and Other Stories《三只瞎老鼠》
1951 They Came to Baghdad《他们来到巴格达》
1954 Destination Unknown《地狱之旅》
1958 Ordeal by Innocence《奉命谋杀》
1961 The Pale Horse《灰马酒店》
1967 Endless Night《长夜》
1968 By the Pricking of My Thumbs《煦阳岭的疑云》
1970 Passenger to Frankfurt《天涯过客》
1973 Postern of Fate《命运之门》
1991 Problem at Pollensa Bay《神秘的第三者》
1997 While the Light Lasts《灯火阑珊》

出版前言

纵观世界侦探文学一百七十余年的历史，如果说有谁已经超脱了这一类型文学的类型化束缚，恐怕我们只能想起两个名字——一个是虚构的人物歇洛克·福尔摩斯，而另一个便是真实的作家阿加莎·克里斯蒂。

阿加莎·克里斯蒂以她个人独特的魅力创造着侦探文学史上无数的传奇：她的创作生涯长达五十余年，一生撰写了八十余部侦探小说；她开创了侦探小说史上最著名的“黄金时代”；她让阅读从贵族走入家庭，渗透到每个人的生活中；她的作品被翻译成一百多种文字，畅销全球一百五十余个国家，作品销量与《圣经》《莎士比亚戏剧集》同列世界畅销书前三名；她的《罗杰疑案》《无人生还》《东方快车谋杀案》《尼罗河上的惨案》都是侦探小说史上的经典；她是侦探小说女王，因在侦探小说领域的独特贡献而被册封为爵士；她是侦探小说的符号和象征。她本身就是传奇。沏一杯红茶，配一张躺椅，在暖暖的阳光下读阿加莎的小说是一种生活方式，是惬意的享受，也是一种态度。

午夜文库成立之初就试图引进阿加莎的作品，但几次都与版权擦肩而过。随着午夜文库的专业化和影响力日益增强，阿加莎·克里斯蒂的版权继承人和哈珀柯林斯出版公司主动要求将版权独家授予新星出版社，并将阿加莎系列侦探小说并入午夜文库。这是对我们长期以来执着于侦探小说出版的褒奖，是对我们的信任与鼓励，更是一种压力和责任。

新版阿加莎·克里斯蒂作品由专业的侦探小说翻译家以最权威的英文版本为底本，全新翻译，并加入双语作品年表和阿加莎·克里斯蒂家族独家授权的照片、手稿等资料，力求全景展现“侦探女王”的风采与魅力。使读者不仅欣赏到作家的巧妙构思、离奇桥段和睿智语言，而且能体味到浓郁的英伦风情。

阿加莎作品的出版是一项系统工程，规模庞大，我们将努力使之臻于完美。或存在疏漏之处，欢迎方家指正。

新星出版社

午夜文库编辑部

Agatha Christie

Over the next few years, we plan to celebrate two very important Agatha Christie anniversaries. In 2015, it is the 125th anniversary of her birth in Torquay, South Devon, England, and in 2020 it will be 100 years after her first book, THE MYSTERIOUS AFFAIR AT STYLES, featuring her famous detective, Hercule Poirot, was published. This is therefore a very appropriate moment to publish a new edition of her works, and I am delighted that HarperCollins has chosen to work with New Star on these new editions. New Star is China's top crime publisher, and has a strong and dedicated editorial staff and a confirmed passion for Agatha Christie, making them the ideal partner. It is the right time to make these classic books available in modern translations and so to bring Agatha Christie's books anew to her many fans in China, giving them a new reason to re-read these much-loved stories, as well as introducing them to a whole new audience. How delighted Agatha Christie would have been that her stories (as she called them) are still giving so much pleasure to so many people all over the world!

I think there are two very remarkable things about Agatha Christie's stories. The first is that they are so adaptable. It doesn't really matter which language they appear in, the stories and the plots still give the same thrill, still provide the same puzzles, and the characters still have the same attraction. Readers in China will I am sure enjoy Hercule Poirot and Miss Marple just as much as we do in England, and readers in China will still be transfixed by the surprises and horrors of AND THEN THERE WERE NONE, one of the great classics of 20th century detective fiction, as we are here.

Agatha Christie

The second is that the stories give a wonderful picture of England, particularly rural England, at the time Agatha Christie lived. She wrote books from 1920 until 1970 but it is sometimes hard to tell which part of her life each book was written in. Her characters and the life they lived were very much the same. The life we all live is changing very quickly these days but "the Agatha Christie world" stays the same. Perhaps the Miss Marple stories provide the best example of this, and in some ways THE BODY IN THE LIBRARY and NEMESIS are quite similar, despite the fact that thirty years elapsed between the time they were written.

Perhaps I might end by mentioning three Agatha Christies (other than the ones mentioned above) which I think demonstrate why she is so popular, even in the twenty-first century. The first is MURDER ON THE ORIENT EXPRESS, one of the most famous with one of the most ingenious and human plots. Read this on one of your long train journeys in China! Next is A MURDER IS ANNOUNCED, a Miss Marple which was her 50th book. It has my favourite murderer in it! And last is ENDLESS NIGHT a story about evil and how it affects three young people, written at the time when I knew her best, and understood how deeply she cared and sympathised with young people and the world they lived in.

Whichever are your favourites I hope you enjoy these stories that New Star are introducing to you again. I think it is a great publishing event.

Mathew Prichard

Grandson of Agatha Christie

Chairman of Agatha Christie Ltd

致中国读者

（午夜文库版阿加莎·克里斯蒂作品集序）

在未来的几年中，我们将要筹备两个非常重要的关于阿加莎·克里斯蒂的纪念日。二〇一五年是她的一百二十五岁生日——她于一八九〇年出生于英国的托基市；二〇二〇年则是她的处女作《斯泰尔斯庄园奇案》问世一百周年的日子，她笔下最著名的侦探赫尔克里·波洛就是在这本书中首次登场。因此，新星出版社为中国读者们推出全新版本的克里斯蒂作品正是恰逢其时，而且我很高兴哈珀柯林斯选择了新星来出版这一全新版本。新星出版社是中国最好的侦探小说出版机构，拥有强大而且专业的编辑团队，并且对阿加莎·克里斯蒂的作品极有热情，这使得他们成为我们最理想的合作伙伴。如今正是一个良机，可以将这些经典作品重新翻译为更现代、更权威的版本，带给她的中国书迷，让大家有理由重温这些备受喜爱的故事，同时也可以将它们介绍给新的读者。如果阿加莎·克里斯蒂知道她的小故事们（她这样称呼自己的这些作品）仍然能给世界上这么多人带来如此巨大的阅读享受，该有多么高兴啊！

我认为阿加莎·克里斯蒂的作品有两个非常重要的特征。首先它们是非常易于理解的。无论以哪种语言呈现，故事和情节都同样惊险刺激，呈现给读者的谜团都同样精彩，而书中人物的魅力也丝毫不受影响。我完全可以肯定，中国的读者能够像我们英国人一样充分享受赫尔克里·波洛和马普尔小姐带来的乐趣；中国读者也会和我们一样，读到二十世纪最伟大的侦探经典作品——比如《无人生还》——的时候，被震惊和恐惧牢牢钉在原地。

第二个特征是这些故事给我们展开了一幅英格兰的精彩画卷，特别是阿加莎·克里斯蒂那个年代的英国乡村。她的作品写于二十世纪二十年代至七十年代间，不过有时候很难说清楚每一本书是在她人生中的哪一段日子里写下的。她笔下的人物，以及他们的生活，多多少少都有些相似。如今，我们的生活瞬息万变，但“阿加莎·克里斯蒂的世界”依旧永恒。也许马普尔小姐的故事提供了最好的范例：《藏书室女尸之谜》与《复仇女神》看起来颇为相似，但实际上它们的创作年代竟然相差了三十年。

最后，我想提三本书，在我心目中（除了上面提过的几本之外）这几本最能说明克里斯蒂为什么能够一直受到大家的喜爱。首先是《东方快车谋杀案》，最著名，也是最机智巧妙、最有人性的一本。当你在中国乘火车长途旅行时，不妨拿出来读读吧！第二本是《谋杀启事》，一个马普尔小姐系列的故事，也是克里斯蒂的第五十本著作。

这本书里的诡计是我个人最喜欢的。最后是《长夜》，一个关于邪恶如何影响三个年轻人生活的故事。这本书的写作时间正是我最了解她的时候。我能体会到她对年轻人以及他们生活的世界关心至深。

现在新星出版社重新将这些故事奉献给了读者。无论你最爱的是哪一本，我都希望你能感受到这份快乐。我相信这是出版界的一件盛事。

阿加莎·克里斯蒂外孙

阿加莎·克里斯蒂有限责任公司董事长

马修·普理查德

二〇一三年二月二十日

阿加莎·克里斯蒂侦探作品集⑨

底牌

Cards on the Table

[英]阿加莎·克里斯蒂 著
辛可加 译

新 星 出 版 社 NEW STAR PRESS

前　言

人们有一种普遍的想法：一个侦探故事就像一场盛大的赛马——有许多可下注的对象，包括赛马和它们的骑师。“你付了钱，下你的注！”但通常最热门的选择和实际赛马中遇到的情况正相反，换句话说，罪犯有可能完全是个外来者。找到最不可能犯罪的那个人，认定他就是罪犯，十有八九你是不会错的。

我不希望我忠实的读者厌烦地把这本书丢开，所以我想事先提醒你们：这本书不是这样的。只有四个候选人，而他们中的每一个，在适合的条件下，都完全有可能实施犯罪。这就把“意外”这项元素排除了。而且我认为应该让每个人都同样有趣，因此设定他们都曾是谋杀犯，并很有可能再次作案。这四人分属四种完全不同的类型，每个人谋杀的动机都只属于那个人，谋杀的手段也各有不同。这样一来，案情的分析必须完全是心理层面的。但这并不会减少乐趣，因为所有的语言和行动都表现的是我们最感兴趣的人——那个谋杀犯——的心理活动。

我想为这个故事再补充几句话：这是赫尔克里·波洛最喜欢的案件之一。但当波洛把它描述给他的朋友黑斯廷斯上尉时，后者却觉得极为无聊。我很想知道，我的读者究竟会站在波洛那边，还是黑斯廷斯那边呢？

阿加莎·克里斯蒂

目 录

目 录

第一章 夏塔纳先生

“亲爱的波洛先生！”

一个绵软的、像猫一样的声音——听来纯粹是为交际场合而生的，不带一丝情感波动或预先准备的痕迹。

赫尔克里·波洛转过身，微鞠一躬，十分正式地和对方握手。

他的眼中闪过一丝不同寻常的光芒。可以说，与这个人的邂逅，唤醒了他某种极少触及的情绪波澜。

“亲爱的夏塔纳先生。”他说。

两人都没动，如同两名各就各位的决斗者。

衣装考究的伦敦人如潮水一般从他们身旁缓缓涌过，轻声细语绵绵不绝。

“亲爱的，快看——好精美啊！”

“精致极了，不是吗？”

这里是在威塞克斯宫举办的鼻烟盒展览，门票每人一几尼，最后都将捐给伦敦的各家医院。

“亲爱的朋友，幸会！”夏塔纳先生说，“最近没送人上绞架或者断头台？犯罪也有淡季？不法之徒的淡季？还是说今天下午这里会发生抢劫案？那可太刺激了。”

“哎呀，先生，”波洛说，“我这次纯粹是个人出游而已。”

夏塔纳先生的注意力暂时被一个“迷人的小东西”吸引走了，她的脑袋一侧留着狮子狗般紧紧缠绕的鬈发，另一边则佩着三个黑草编的羊角。

他说：“宝贝，怎么不来参加我的宴会？真的非常棒！好多人都和我攀谈了起来！有个女人居然还说‘你好’‘再见’‘多谢’——不过她当然是从某个‘田园城市’来的，可怜的宝贝！”

“迷人的小东西”礼貌地回应了几句，波洛则仔细端详着夏塔纳先生上唇的小胡子。

漂亮的小胡子，非常精致——全伦敦也许只有他的小胡子能和赫尔克里·波洛的媲美。

“但不如我的华丽，”他喃喃自语，“不，怎么看都差一个档次，不过他的胡子确实相当醒目。”

夏塔纳先生整个人都很醒目——精心设计过的，刻意营造出一种恶魔般的阴险气息。他又高又瘦，阴郁的长脸上长着两道浓黑的眉毛，抹了蜡油的小胡子硬邦邦的，下唇底下还留了一小撮胡须。他的衣着颇具艺术气息，剪裁极为精心，却隐隐透出一丝怪诞。

每个健康的英国人看到他都恨不能猛踹一脚。他们的语气千篇一律：“那就是该死的夏塔纳！”

他们的妻子、女儿、姐妹、姨妈、母亲乃至祖母，各自用她们那一代的口吻评价他，大意如此：“亲爱的，我知道，他当然很可怕。不过他太富有了！宴会也棒极了！而且他总用一些有趣又刻薄的话议论别人。”

谁也不知道夏塔纳先生究竟是阿根廷人还是葡萄牙人，或者希腊人，又或者来自其他国家。不过有三件事是人所共知的。

他出手阔绰，在公园大道的一间豪华公寓里过着舒坦日子。

他举办各种精彩聚会——规模大小不同，风格有的阴森、有的高雅，还有百分之百的同性恋聚会。

几乎人人都有点害怕他。

最后这一点很难具体描述。大家普遍有种感觉：他对别人的了解未免过于透彻了些。人们还有一种感觉：他的幽默感相当古怪。

大家几乎都认为，得罪夏塔纳先生是件很危险的事。

今天下午他的幽默感对准了外表可笑的小个子，赫尔克里·波洛。

“原来警察也需要消遣？”他说，“波洛先生，你都一把年纪了，才研究艺术？”

波洛平心静气地一笑。

“我知道你出借了三个鼻烟盒给他们展览。”

夏塔纳先生不以为意地挥挥手。

“谁没几项小收藏呢？改天你一定要来我家坐坐，我有些有意思的东西。我的收藏范围是不拘一格的。”

波洛笑笑说：“你的兴趣覆盖面很广。”

“的确。”

突然，夏塔纳先生眼中光芒闪动，嘴角上翘，眉毛离奇地倾斜着。

“我甚至可以展示你们那一行的东西，波洛先生！”

“原来你有一间私人的‘黑色博物馆’？”

“呸！”夏塔纳先生不屑地打了个响指，“呸！布莱顿谋杀案凶手用过的茶杯，知名大盗作案用的铁锹——幼稚得可笑！我才不跟那种垃圾打交道。我的收藏全是精华中的精华。”

“用艺术的眼光来看，你认为犯罪中的精华是什么？”波洛问道。

夏塔纳先生倾身向前，将两根指头搭上波洛肩头，嘶嘶吐气，颇具戏剧化效果地答道：“是实施犯罪的人，波洛先生。”

波洛的眉毛微微一扬。

“啊哈，我吓着你了，”夏塔纳先生说，“亲爱的朋友，你我的视角简直是两极！犯罪在你眼中只是例行公事——凶杀、调查、线索，最终定罪（你的能力毋庸置疑）。这种陈词滥调我没兴趣！那些可怜虫，我看都懒得看一眼。落网的凶手必然是失败者，二流货色。不，我只从艺术的角度来欣赏，只收藏最好的！”

“最好的是……”波洛问道。

“亲爱的朋友——就是逃脱制裁的人！成功者！舒舒服服过日子、根本没被怀疑过的罪犯。我的爱好果然有趣吧？”

“我想到了另一个词——不是‘有趣’。”

“对了！”夏塔纳没有理睬波洛，径自喊道，“一次小规模的晚宴！用晚宴配合我的展览！这个主意太有趣了。我以前居然没想到。没错，没错，我眼前已经浮现出那一幕……你得给我一些时间——下星期不行——就定在下下星期吧。你有空吗？具体哪一天合适？”

“下下星期随便哪天都可以。”波洛微微欠身。

“很好，那就星期五。十八号星期五，就这么定了。我赶紧记在小本子上。真的，这个主意我特别喜欢。”

“我却未必喜欢。”波洛慢吞吞地说，“我并不想拒绝你的盛情邀请——不，不是那个意思——”

夏塔纳打断他。“只是这件事触动了你那根中产阶级的敏感神经？亲爱的朋友，你得把自己从警察心态的禁锢里解放出来。”

波洛缓缓答道：“对于谋杀，我确实持百分之百的中产阶级道德观。”

“朋友，这又何必呢？愚蠢又蹩脚的凶杀——嗯，我同意你的观点。但谋杀也可以成为一种艺术！凶手可以成为艺术家。”

“噢，这我承认。”

“那还有什么问题？”夏塔纳先生问道。

“但凶手总归是凶手！”

“亲爱的波洛先生，能把一件事做得完美无缺，就足以为他脱罪了！你只想抓住每一位凶手，给他戴上手铐，关进监狱，最后在凌晨处以绞刑，这实在太缺乏想象力。我认为，每个真正成功的凶手都该享受政府拨款的生活津贴，而且有资格参加晚宴！”

波洛耸耸肩。

“我对犯罪艺术的感受力并不像你想得那么迟钝。我可以欣赏完美的凶手——我可以欣赏一只老虎——褐色斑纹的庞然巨兽。但我会在笼外欣赏它，而不进笼子，除非职责使然。因为老虎可能会猛扑上来，夏塔纳先生……”

夏塔纳先生大笑。

“我懂。那凶手呢？”

“也许会杀人。”波洛正色答道。

“亲爱的朋友，你的警惕性过高了吧！这么说你是不愿意来见见我收藏的老虎？”

“正相反，我求之不得。”

“真勇敢！”

“夏塔纳先生，你没理解我的意思，我是想给你提个醒。刚才你要我认同所谓收藏凶手的主意‘很有趣’，我说我想到的不是‘有趣’，而是另一个词——危险。夏塔纳先生，你的爱好可能非常危险！”

夏塔纳先生笑了，笑得非常邪恶。

“所以十八号那天你会赏光？”

波洛略一欠身。“十八号我会去。多谢了。”

“我来安排一场小型宴会。”夏塔纳笑道，“八点钟，别忘了。”

他走开了，波洛站了一两分钟，目送他离去。

然后若有所思地缓缓摇头。

第二章 夏塔纳先生家的晚宴

夏塔纳先生的家门悄无声息地打开了。一位头发花白的管家开门请波洛进屋，然后又悄无声息地把门关上，麻利地为客人脱下大衣和帽子。

他完全不带感情地低声问道："请问先生怎么称呼？"

"赫尔克里·波洛先生。"

管家拉开一扇门通报："赫尔克里·波洛先生到。"一阵谈话声随之传到门厅。

夏塔纳先生端着一杯雪利酒过来迎接，衣着依然无可挑剔。今晚他神情中的邪恶意味更显浓重，两道几乎挤到一起的眉毛流露着嘲讽之意。

"我来介绍一下——认识奥利弗太太吗？"

见波洛略显吃惊，喜好炫耀的夏塔纳先生十分得意。

阿里阿德涅·奥利弗太太是当代最著名的侦探小说及惊悚小说作家之一。她发表过不少杂文（如果不那么计较"杂文"的严格含义的话），主题分别有"犯罪的倾向"、"著名的情杀案"和"情杀与谋财害命之比较"，等等。她同时也是一位激进的女权主义者，每次有重大的凶杀事件见报时，一定会配上奥利弗太太的采访。奥利弗太太受访时曾说：“如果苏格兰场的主管是女人就好了！”她非常相信女性的直觉。

除此之外，她倒是个和善可亲的中年妇女，虽不修边幅，却别有风韵；双眼神采奕奕，肩膀结实；头发花白了许多，屡次试验良方都不见效。有时，她的外表颇具知识分子气息——大把头发向后拢，在后脑绾成一个大髻；有时，又突然梳圣母马利亚的发圈，或者干脆放任满头鬈发松松垮垮地堆着；而今晚，她居然梳了刘海儿。

她用悦耳的低音跟波洛打招呼。他们以前在一次文学界的晚宴上见过面。

“你一定认识巴特尔警司吧？”夏塔纳先生说。

一个高大魁梧、神情严肃的男人走过来。在旁人眼中，巴特尔警司不仅是一座木雕，还是用战舰上拆下的木料雕成的。

巴特尔警司大概是苏格兰场最典型的形象代言人。他的外貌总给人以迟钝、愚蠢之感。

“我认识波洛先生。”巴特尔警司说。

他那木雕般的脸挤出一个微笑，随即又恢复了原先毫无表情的样子。

“这位是瑞斯上校。”夏塔纳先生继续介绍。

波洛与瑞斯上校从未谋面，但听过他的事迹。他相貌英俊，有着一头黑发和古铜色的皮肤，年约五十岁，常常出现在帝国位于海外的疆土上——特别是当地面临纷争的侵扰时。“特工”的名头虽显夸张，却能恰如其分地向外行人形容瑞斯上校的工作性质和范围。

波洛似乎领略到主人的幽默指向何方了。

“另外几位客人迟到了，”夏塔纳先生说，“大概是我的错，我好像通知他们八点十五分来。”

门开了，管家通报道：“罗伯茨医生到。”

一个中年男人以轻快诙谐的步态迈进屋来，神采飞扬、表情丰富，一双小眼睛转个不停，头顶微秃，略显发福，浑身上下像经过了仔细清洗和消毒，一看便知是个医生。他既热情又自信，令人感觉他的诊断值得信赖，开出的药方想必既讨喜又有效——“康复期可以喝少许香槟”。一个精于世故的人。

“应该没迟到吧？”罗伯茨医生和蔼地问。

他与主人握手，并被介绍给其他客人。他似乎对巴特尔警司格外热络。

“啊，苏格兰场的头牌，对吗？有意思！按理说今晚不该催你谈本职工作，但我得提醒一下，我可能会问起没完。我一直对刑事案件很有兴趣。也许医生不该这样，在神经紧张的病人面前可不能说这些，哈哈！”

门又开了。

“洛里默太太到。”

洛里默太太六十岁左右，衣着精美，妆容雅致，白发经过精心梳理，嗓音清脆而尖厉。

“但愿没迟到。”她走向主人。

然后她又和认识的罗伯茨医生打招呼。

管家又通报道：“德斯帕少校。”

德斯帕少校又高又瘦，英气逼人，只是太阳穴上有个伤疤。介绍完毕后，他自然地和瑞斯上校攀谈起来——两人很快聊起健身运动，交流着狩猎旅行的经历。

门最后一次打开，管家通报：“梅瑞迪斯小姐到。”

一个二十岁出头的女孩走了进来。她身材中等，相貌出众，棕色的鬈发堆在颈部，一双灰色的大眼睛之间距离较远；脸上扑了点粉，但没化妆。她语速很慢，相当害羞。

“天哪，我是最晚的？”

夏塔纳先生送上一杯雪利酒，对她极尽溢美之词。他的介绍有点正式过头了。

梅瑞迪斯小姐在波洛身边啜了一口雪利酒。

“我们这位朋友特别注重细节。”波洛微笑着说。

女孩表示赞同。“我知道。现在的人介绍时都偷懒，只说句‘这些人你应该都认识吧’就结束了。”

“不管别人到底认不认识？”

“不管认不认识都这样。有时就弄得场面很尴尬——但今天这种介绍让人有点害怕。”她略微迟疑，才说，“那位是奥利弗太太吧，小说家？”

奥利弗太太正和罗伯茨医生聊天，音色低沉，音量很大。

“医生，你不能忽视女性的直觉。女人懂这些事。”

她忘了自己没露出额头，伸手想把头发往后拢，碰到刘海儿才停下。

“她就是奥利弗太太。”波洛说。

“写《藏书室女尸之谜》的那位？”

“就是她。”

梅瑞迪斯小姐微微皱眉。

“那个一直板着脸的人——夏塔纳先生说他是警司？”

“苏格兰场来的。”

“你呢？”

“我？”

“我很了解你，波洛先生。“ABC谋杀案”其实是你侦破的。”

“小姐，你说得我都糊涂了。”

梅瑞迪斯小姐的眉毛拧成一团。

“夏塔纳先生，”她刚开口就停住了，“夏塔纳先生——”

波洛平静地说：“别人都说他‘对犯罪事件特别上心’，看来传闻不假。他肯定想听我们相互争论。其实他已经把奥利弗太太和罗伯茨医生煽动起来了，这会儿他们正讨论无法追查的毒药。”

梅瑞迪斯小姐吓得喘着气。“这人真诡异！”

“罗伯茨医生？”

“不，是夏塔纳先生。”她微微颤抖，“他总让人隐隐害怕。永远猜不透在他心目中什么事最有趣。也许……也许是残忍的游戏。”

“比如猎狐之类的？”

梅瑞迪斯小姐以非难的眼神瞪了波洛一眼。

“我是指——哎！总之是带点东方色彩的那一套。”

“他的性格可能有点扭曲。”波洛承认。

“喜欢折磨人？”

“不，不是那个意思。”

“我不怎么喜欢他。”梅瑞迪斯小姐的语气更加低落。

“不过他家的晚宴肯定合你胃口，”波洛安慰她，“他有顶级的厨师。”

梅瑞迪斯小姐将信将疑地望着他，笑了。

“哎呀，”她表示，“你挺有人情味的。”

“本来就是啊！”

“但你也看到了，”梅瑞迪斯小姐说，“这些名人都很可怕。”

“小姐，你不该害怕，应该激动才对！你应该准备好签名簿和钢笔。”

“唔，是这样，其实我对犯罪事件兴趣不大。女人嘛，都不爱这一套；读侦探小说的大都是男人。”

赫尔克里·波洛夸张地叹着气。

“唉！”他嘟囔着，“现在我真想变成电影明星，哪怕是最不走红的那种！”

管家推开门宣布：“晚餐准备好了。”

波洛的预测完全正确。菜色十分可口，服务也极为周到。灯光柔和，木器擦拭得锃亮，爱尔兰玻璃泛着蓝光。在朦胧的光晕中，主位上夏塔纳先生的形象显得更为恶毒。

他颇有风度地为男女人数不均而道歉。

洛里默太太和奥利弗太太分别坐在他右侧和左侧。梅瑞迪斯小姐坐在巴特尔警司和德斯帕少校中间。波洛则坐在洛里默太太和罗伯茨医生中间。

罗伯茨医生跟波洛开玩笑：“你可不能整晚都霸占着这里唯一的漂亮姑娘。你们法国佬从不浪费时间，是吧？”

“不巧，我是比利时人。”波洛低声答道。

“老兄，在女人的问题上，这没什么区别。”医生笑嘻嘻地说。

接着他一改玩笑的态度，以专业口吻与另一侧的瑞斯上校讨论起治疗睡眠症方面的最新进展。

洛里默太太转向波洛，谈起最近上演的剧目。她的眼光很独到，点评也十分中肯。话题相继转移到书籍和世界政局，波洛发现她知识渊博，颇有智慧。

餐桌对面的奥利弗太太正询问德斯帕少校是否知道什么冷僻的毒药。

“噢，有箭毒。”

“拜托，老一套了！用过几百次。我是指新玩意儿！”

德斯帕少校淡然答道：“原始部落恪守传统，他们会一直沿用祖父和曾祖父当年可行的做法。”

“真无聊，”奥利弗太太说，“我还以为他们经常试验新的草药什么的。我总觉得探险家能逮到好机会，带些闻所未闻的新毒药回家，把有钱的老叔伯通通毒死。”

“那你应该在文明世界里寻访，而不是蛮荒地区。”德斯帕说，“比如现代实验室，可以培养出貌似无害却能致命的细菌。”

“我的读者不吃这一套，”奥利弗太太说，“而且名称很容易混淆——什么葡萄球菌、链球菌……我的秘书很难处理这类文字，又非常枯燥，不是吗？巴特尔警司，你怎么看？”

“现实中的凶手可懒得费那些工夫，奥利弗太太，”警司说，“他们照旧用砒霜，效果好，而且容易取得。”

“胡扯，”奥利弗太太说，“只是有些案子你们苏格兰场没发现而已。如果你们那里有女性——”

“说实话，还真有——”

“是的，那些戴着可笑的帽子在公园里打扰别人的女警察！我指的是女性主管。女人了解犯罪。”

“她们一旦成为罪犯，往往都很厉害。”巴特尔警司说，“头脑冷静，心狠手辣，真不可思议。”

夏塔纳先生轻笑几声。

“毒药是女人的武器，”他说，“一定有很多女人偷偷下过毒——结果一辈子没被人发现。”

“那当然。”奥利弗太太欣然应和，吃了一大口奶油拌鹅肝。

“医生也有很多机会。”夏塔纳先生沉吟道。

“抗议！”罗伯茨医生大喊，“病人中毒完全是意外。”他开怀大笑。

“但如果我要犯罪……”夏塔纳先生又说。

他的停顿中有些东西引起了大家的注意，所有人都转向他。

“我会做得非常干净。意外总是难免的——比如枪支走火，或者日常生活中的偶然事故。”

随即他耸耸肩，举起酒杯。

“其实这话哪里轮得到我来说——这里有这么多行家……”

他喝了一口酒。烛光从酒杯里折射出红晕，映着他脸上抹过蜡的小胡子、唇下那一小撮胡须，还有古怪的眉毛……

片刻的冷场。

奥利弗太太开口了：“现在离整点差二十分还是过二十分？有天使经过。我的脚没交叉——肯定是黑天使！”

第三章 桥牌比赛

众人回到客厅，桥牌桌已经摆好，咖啡也端了上来。

“谁打桥牌？”夏塔纳先生问，“洛里默太太，我知道。还有罗伯茨医生。梅瑞迪斯小姐，你呢？”

“打，不过水平比较差。”

“很好。德斯帕少校呢？好，你们四位在这边打吧。”

“幸好可以打桥牌，”洛里默太太侧身对波洛说，“我是有史以来最忠实的桥牌迷之一，特别上瘾。如果晚宴没安排牌局，我才不会去，我会无聊得睡着的。说来挺不好意思，但确实如此。”

他们切牌选搭档。洛里默太太跟安妮·梅瑞迪斯一组，对战德斯帕少校和罗伯茨医生。

“性别大战啊，”洛里默太太坐下来，以娴熟的手法开始洗牌，“玩蓝草花叫牌法怎么样，搭档？限制从 2 开始叫。”

“你们一定要赢，”奥利弗太太的女权主义情绪顿时飙升，“让男人瞧瞧，他们不可能事事称心如意。”

“可惜，宝贝们没希望的，”罗伯茨医生兴冲冲开始洗另一副牌，“你发牌吧，洛里默太太。”

德斯帕少校慢慢坐下。他凝视着安妮·梅瑞迪斯，似乎刚刚发现她美得出奇。

“请切牌。”洛里默太太不耐烦地说。德斯帕少校这才不好意思地切了她递过的纸牌。

洛里默太太熟练地发牌。

“另一个房间还有一张桥牌桌。”夏塔纳先生说。

他穿过另一扇门，其余四人随他踏进一间布置得很舒适的小吸烟室，房中已摆好另一张桥牌桌。

“我们也得切牌分组。”瑞斯上校说。

夏塔纳先生摇摇头。“我不打。我对桥牌没什么兴趣。”

另外三位客人也表示不想打，但夏塔纳先生再三坚持，最后大家都坐下了——波洛和奥利弗太太搭档，对战巴特尔和瑞斯。

夏塔纳先生在旁观战，看到奥利弗太太的那手牌叫了“2 无将”，不禁露出恶魔般的笑容，然后悄悄转往另一个房间。

这一桌打得很投入，大家表情严肃，叫牌的速度飞快。“1 红心。”“过。”“3 草花。”

“3 黑桃。”“4 方块。”“加倍。”“4 红心。”

夏塔纳先生站着看了一会儿，暗自微笑。他走到房间另一头，坐到壁炉边的一张大椅子里。旁边一张桌子上的托盘里已经摆好一瓶酒，炉火照亮了水晶瓶塞。

一向深谙照明艺术的夏塔纳先生成功模拟出了仅有火光照明的室内效果。如果想看书，手边一盏加了灯罩的小台灯就可以提供光源。柔和的泛光灯在整个房间里投下朦胧的光影，另一盏光线较强的电灯照着桥牌桌，叫牌声源源不断。

“1 无将。”——清晰果断，是洛里默太太。

“3 红心。”——斗志昂扬，是罗伯茨医生。

“不叫。”——平平静静，是安妮 · 梅瑞迪斯。

德斯帕开口之前总要犹豫片刻，他的思考并不慢，但总爱再三斟酌才开口。

“4 红心。”

“加倍。”

摇曳的火光照亮了夏塔纳先生的脸庞，他微微一笑。在连绵的笑意中，他的眼皮微颤了一下。

今天的晚宴使他乐在其中。

“5 方块。三局两胜。”瑞斯上校说，“打得不错，搭档，”他又对波洛说，“没想到你发挥得这么好。幸亏他们没出黑桃。”

“就算出了估计也没用。”巴特尔警司颇有风度地表示。

之前他叫了黑桃。他的搭档奥利弗太太手里有黑桃，但她“在某种直觉的召唤下”出了草花——结果惨不忍睹。

瑞斯上校看看手表。

“十二点十分。有没有时间再打一盘？”

“抱歉啊，”巴特尔警司说，“我习惯早早上床。”

“我也是。”赫尔克里·波洛说。

“那就结算总分吧。”瑞斯说。

今晚五场三局两胜的比赛打下来，男性大获全胜。奥利弗太太输给另外三家三英镑七先令。瑞斯上校赢得最多。

奥利弗太太虽然牌技不佳，牌品却很好。她欣然付了钱。

“今晚手气真差，”她说，“有时候总这么不顺手。昨晚简直要什么来什么，一连三局来大牌，都是一百五十分。”她起身收拾绣花的宴会手袋，刚想伸手去撩刘海，又及时忍住了。

“我们的主人应该在隔壁吧。”她说。

她穿过那扇门，其他人紧随其后。

夏塔纳先生还坐在炉边的椅子上。桌旁的四位玩家仍专注于牌局。

“5 草花，加倍。”洛里默太太的声音冷静而机敏。

“5 无将。”

“5 无将，加倍。”

奥利弗太太走到牌桌边，这一局肯定很精彩。

巴特尔警司也跟过来。

瑞斯上校则走向夏塔纳先生，波洛跟在他后面。“我告辞了，夏塔纳。”瑞斯说。

夏塔纳先生没回答。他的脑袋低垂着，像是睡着了。瑞斯古怪地瞥了波洛一眼，走近几步。突然，他低低惊呼一声，俯下身去。波洛立即凑过来，朝瑞斯上校指的地方望去——那个东西很像一颗极其华丽的衬衫饰钉，然而不是。

波洛弯腰拉起夏塔纳先生的一只手，然后松手任其坠落。他迎上瑞斯询问的眼光，点点头。瑞斯立即高声招呼：“巴特尔警司，打扰一下。”

警司闻声而来。奥利弗太太继续旁观那场“5无将加倍”的牌局。

虽然巴特尔警司外表迟钝，但他的反应其实非常敏锐。他刚过来就扬起眉毛低声问：“出事了吗？”

瑞斯上校点点头，示意他留意椅子上那具沉寂的身躯。

巴特尔俯身观察。波洛若有所思地审视着夏塔纳先生的面孔。此刻那张脸显得十分滑稽，嘴巴颓然半张着——恶魔般的神情消失了。

赫尔克里·波洛摇摇头。

巴特尔警司直起身。他检查了夏塔纳先生衬衫上那个貌似饰钉的东西，但没有用手触碰；那并不是饰钉。他抬起夏塔纳软绵绵的手，又放下了。

现在，他站起来，出奇地冷静、干练，颇有军人风范——打算切实掌握局面。

“抱歉，打断各位一下。”

他抬高嗓门，带有一种截然不同的公事公办的口吻，正沉浸在牌局中的几人不由得闻声望向他。安妮·梅瑞迪斯正要拿明手的一张黑桃A，伸出的手也随之悬在空中。

“很遗憾地通知大家，”巴特尔警司说，“我们的主人，夏塔纳先生，已经死了。”

洛里默太太和罗伯茨医生霍然起身。德斯帕瞠目结舌。安妮·梅瑞迪斯轻轻吸了口气。

“没搞错吧，老兄？”

罗伯茨医生立即调动职业本能，以一名医生“亲临死亡现场”的架势快步走过来。

但巴特尔警司魁梧的身躯很快挡在他面前。

“等等，罗伯茨医生。请问今晚有谁进出过这个房间？”

罗伯茨瞪着他。

“进出？我不明白你的意思。没人进出。”

警司转移视线。

“是这样吗，洛里默太太？”

“没错。”

“管家或者仆人都没进来过？”

“没有。我们刚坐下来开始打牌的时候，管家端来了那个托盘，后来就没见过他。”

巴特尔警司又望向德斯帕。

德斯帕点头同意。

安妮几乎喘不过气："是的……是的，是这样。"

"你这是干什么，老兄，"罗伯茨不耐烦地说，"让我检查一下——没准他只是晕倒而已。"

"不是晕倒，很遗憾——法医没来之前，谁也不能碰他。各位，夏塔纳先生是被谋杀的。"

"谋杀？"安妮惊怖而难以置信地喘着气。

德斯帕瞪着眼，眼神茫然。

"谋杀？"洛里默太太尖声追问。

"上帝啊！"罗伯茨医生惊叫道。

巴特尔警司缓缓点头。他的模样活像一尊产自中国的满清官吏陶瓷像，面无表情。

"他被人捅了一刀，"他说，"这就是死因。捅了一刀。"

随即，他突然发难："今晚你们谁离开过牌桌？"

四个人的表情立刻变得极为丰富——摇摆不定。他看见了畏惧、顿悟、愤慨、沮丧、恐慌，却未能捕捉到任何能直接说明问题的线索。

"怎么样？"

片刻的冷场后，早已起身如接受检阅的士兵般挺立的德斯帕少校平静地开口了，清瘦而不失智慧的脸转向巴特尔。"印象中我们每个人都曾先后离开牌桌——去拿饮料，或者往壁炉里添柴火。我两件事都做过。我走到壁炉旁边时，夏塔纳先生在椅子上睡着了。”

“睡着了？”

“嗯——当时我以为他睡着了。”

“也许是睡着了，”巴特尔说，“也许那时他已经死了。这点我们会立即着手调查。现在请各位移步隔壁房间。”他转向身边一直沉默的人，“瑞斯上校，麻烦你陪他们去好吗？”

瑞斯点点头，表示会意。“好的，警司。”

四位牌友缓缓穿过那扇门。

奥利弗太太跌坐进房间另一头的椅子，低声抽泣。

巴特尔拿起听筒打了电话，然后说：“本地警察马上就来。总部命我接手办理本案。法医也会尽快赶到。波洛先生，你看他死了多久？我估计超过了一小时。”

“同感。但没法更精确了——不可能精确到‘这人死了一小时二十分四十秒’。”

巴特尔心不在焉地点点头。

“他坐在壁炉正前方，会对死亡时间的推算有轻微影响。我担保法医肯定会说死亡时间多于一小时，不超过两个半小时。谁都没听见或者看见什么。不可思议！凶手冒的风险太大了，夏塔纳可能会喊出声啊。”

“但他没喊。运气在凶手一边。朋友，你说得对，真是一步险棋。”

“有什么想法吗，波洛先生？关于动机之类的？”

波洛缓缓答道：“嗯，关于这一点，我有话要说。请问——夏塔纳先生没暗示过他今天请你们来赴的宴会是什么性质吗？”

巴特尔警司好奇地望着他。“没有，波洛先生，他什么都没说。为什么问这个？”

远远传来门铃声，还有人叩响门环。

“我们的人来了。”巴特尔警司说，“我去带他们进来，过一会儿我们再详谈。先例行公事。”

波洛点点头。巴特尔出去了。

奥利弗太太仍在啜泣。

波洛走到牌桌边。他什么都没碰，只是端详着计分纸，时而摇摇头。

“愚蠢的小男人！哎，愚蠢的小男人！”赫尔克里·波洛喃喃自语，“装神弄鬼想吓唬人，幼稚！”

门开了，法医提着箱子走进来。本地警局的局长跟在后面，正与巴特尔交谈。接着来了一名摄像师。大厅里还有一名警员站岗。

刑事案件的例行侦查程序启动了。

第四章 第一个凶手？

赫尔克里·波洛、奥利弗太太、瑞斯上校和巴特尔警司围坐在餐桌四周。距离案发已过一小时；尸体经过法医的检验并拍照之后已经搬走。一位指纹专家来过又走了。

巴特尔警司看着波洛。

“叫那四个人进来之前，我想先听听你的意见。你觉得今晚这场宴会别有蹊跷？”

波洛谨慎而认真地回顾了前段时间在威塞克斯宫和夏塔纳的对话。

“展览——呃？活生生的杀人犯，嗬！你觉得他是认真的？没拿你寻开心？”

波洛摇摇头。“噢，不，他是认真的。夏塔纳对他那如同恶魔梅菲斯特般扭曲的人生观十分得意。他极端自负，却也非常愚蠢——所以他才送了命。”

“明白了，”巴特尔警司沉吟道，“除了他自己，来赴宴的有八位客人。也就是四位侦探——和四个凶手！”

“这不可能，”奥利弗太太惊呼，“绝对不可能。这些人都不可能是罪犯。”

巴特尔警司若有所思地摇摇头。

“这可不好说，奥利弗太太。凶手的模样和举止跟普通人没什么区别，温和、安静、举止得体又明事理的人往往恰恰是凶手。”

“那么，一定是罗伯茨医生，”奥利弗太太一口咬定，“刚看到那个人，直觉就告诉我他有问题。我的直觉从不出错。”

巴特尔转向瑞斯上校。

“先生，你看呢？”

瑞斯耸耸肩。他认为巴特尔指的是波洛的叙述，而非奥利弗太太的猜测。“有可能，”他说，“有可能。这表明夏塔纳至少命中了一个目标！但他也只是怀疑这些人是凶手，却无法确定。也许四个人他都猜中了，也许只猜中一个——但至少有一个；他的死就是证明。”

“其中一个人受了惊吓——波洛先生，你的意见呢？”

波洛点点头。“夏塔纳先生名气不小。他有一种危险的幽默感，而且他的残忍尽人皆知。对方以为会被夏塔纳捉弄一整晚，然后再送到警方手里——就是你！他或她一定以为夏塔纳掌握了铁证。”

“有吗？”

波洛耸耸肩。

“我们永远都不可能知道了。”

“就是罗伯茨医生！”奥利弗太太仍不松口，“他特别热心。凶手往往都异常热心——作为掩饰！巴特尔警司，我如果是你，一定马上逮捕他。”

“如果苏格兰场的主管是女人，一定会下这个命令。”巴特尔警司不带感情的双眼微眨了两下，“但既然现在管事的是男人，办事就得谨慎。我们一步一步来。”

“哎，男人——你们男人啊。”奥利弗太太叹口气，开始构思报纸上的新闻标题。

“最好现在请他们进来，”巴特尔警司说，“不能让他们逗留太久。”

瑞斯上校半站起身。“我们要不要回避——”

巴特尔警司的眼神撞上奥利弗太太表情丰富的眼神，略显迟疑。他深知瑞斯上校的官方身份；波洛也曾和警方有过多次合作。让奥利弗太太留下则是破例。不过巴特尔心地善良，他想起奥利弗太太刚才打桥牌输了三英镑七先令，但结算时很爽快。

“可以留下，我觉得没什么问题。”他说，“但千万别打岔。”他看看奥利弗太太，“更不能提波洛先生刚才透露的情况。那是夏塔纳先生的小秘密，无论怎么看，都随着他的死被埋葬了。明白吗？”

“完全明白。”奥利弗太太答道。

巴特尔大步走到门口召唤在前厅站岗的警员。

“去小吸烟室，安德森在那里招呼四位客人。你问问罗伯茨医生方不方便来一下。”

“如果是我就会把他留到最后。”奥利弗太太说，“我是指小说里。”她连忙道歉。

“现实生活和小说略有不同。”巴特尔说。

“我懂，”奥利弗太太说，“结构比小说逊色多了。”

罗伯茨医生走进来，轻快的步伐收敛了不少。

“我说啊，巴特尔，”他说，“真他妈够狠！对不起，奥利弗太太，我这人藏不住话。从我的专业角度来看，几乎不敢相信！几码外坐着三个人，居然还敢拿刀把人捅死。”他连连摇头，“哇！我可没这胆子。”他的嘴角微微一翘，“我要说什么或者做什么，才能让你们相信我不是凶手？”

“唔，凶手总有杀人动机，罗伯茨医生。”

医生使劲点头。

“那就很清楚了。我没有一丁点儿动机要除掉可怜的夏塔纳。我甚至跟他不太熟。他这人很滑稽——古里古怪的，有点神秘的东方色彩。你们自然会详细调查我跟他的关系，这我料到了，我不是傻瓜。不过你们查不出什么。我没理由要杀夏塔纳，而且确实没杀他。”

巴特尔警司呆呆地点点头。

“没关系，罗伯茨医生。反正我都会调查的。你是明事理的人。现在能否请你谈谈对其他三个人的印象？”

“恐怕我的了解很有限。德斯帕和梅瑞迪斯小姐我是今晚才初次见到。以前听说过德斯帕这个人——我读过他的游记，挺有意思，写得不错。”

“他和夏塔纳熟不熟？”

“不清楚，没听夏塔纳提起过他。我说了，我听说过他，却没见过面。梅瑞迪斯小姐我以前从没见过，洛里默太太倒是认识。”

“你对她了解多少？”

罗伯茨耸耸肩。

“她是个寡妇，还算有点钱吧。很聪明，修养很好——桥牌技术一流。其实我就是在桥牌桌上认识她的。”

“夏塔纳先生也没提过她？”

“没有。”

“嗯……对我们没多大帮助。好吧，罗伯茨医生，有劳你仔细回忆一下，说说你离开牌桌的次数，以及你印象中其他人的举动。”

罗伯茨医生回想了好几分钟。

“这可难住我了，”他坦言，“我只大致记得自己的活动。我站起来三次——也就是我三次当明手的时候，离开座位活动了一下。有一次我去给壁炉添柴火，有一次给两位女士端饮料，还有一次给自己倒了杯威士忌加苏打水。”

“具体时间还记得吗？”

“只能大概估算。我想牌局是九点三十分左右开始的。大约过了一小时，我去添柴火；没多久我又去拿饮料，大概只隔了一局；估计十一点半左右我去给自己倒威士忌加苏打水。不过这些时间都是粗略估算，不敢保证一定正确。”

“放饮料的桌子在夏塔纳先生的椅子旁边？”

“对。也就是说我经过他身边三次。”

“每一次都以为他睡着了？”

“第一次我是这么想的。第二次甚至没看他。第三次我居然闪过一个念头：‘这家伙可真能睡！’但是那时我其实也没看他。”

“很好。你的牌友是什么时候离开座位的？”

罗伯茨医生皱起眉头。

“难说……很难说。好像德斯帕去拿过另一个烟灰缸。他还去取过饮料——比我先去，我记得他问我要不要喝，我说暂时不用。”

“女士们呢？”

“洛里默太太走到炉边一次，估计是去拨火。我恍惚觉得她和夏塔纳说过话，但不敢确定。当时我正打一局很艰难的无将。”

“梅瑞迪斯小姐呢？”

“她确实离开过牌桌一次，绕过来看我的牌——当时我跟她搭档。后来她又看了别人的牌，在房间里逛了逛。我不清楚她具体都干什么了，没注意。”

巴特尔警司若有所思。“你们打牌时，没有人的椅子是正对着壁炉的吗？”

“没有，都是斜对着，中间还隔了个大橱柜——中国产的，很漂亮。当然，我看得出来，捅死那老家伙完全有可能。但轮到你打牌的时候，注意力都在牌局里，哪有闲情东张西望、关注周围的动静？唯一有机会下手的就是某一局的明手。也就是说——”

“也就是说，凶手必定是明手。”巴特尔警司说。

“但仍然需要极大的胆量！”罗伯茨医生说，“谁敢说关键时刻不会刚好有人抬起头？”

“对，”巴特尔说，“风险很大。可见凶手的动机一定很强烈。如果我们知道动机就好了。”他撒起谎来脸一点都不红。

“应该能查到吧，”罗伯茨说，“你们可以查查他的文件什么的，肯定有线索。”

“但愿如此。”巴特尔警司郁闷地说。然后他又犀利地瞄了罗伯茨一眼，“罗伯茨医生，我想请你帮点小忙，谈谈你的个人观点——男人之间随便聊聊。”

“当然可以。”

“你觉得他们三个人当中，谁是凶手？”

罗伯茨医生耸耸肩。

“很简单。随便猜猜的话，我觉得是德斯帕。他胆子够大，又习惯了常常需要迅速反应的危险生活。他不怕冒险。我觉得女人不太可能干这事儿，应该需要不小的力气吧？”

“未必需要多大力气。你看这个。”

巴特尔变魔术般突然抽出一件细长的东西，镶着宝石的圆顶闪闪发亮。

罗伯茨医生倾身向前接过来，以专业的目光仔细端详。他碰了碰尖端，吹了声口哨。“厉害！真厉害！这小东西简直是天生的杀人利器。跟切黄油似的——百分之百命中。我猜是凶手带来的。”

巴特尔摇摇头。

“不，是夏塔纳先生的。门口的桌子上有很多这种小玩意儿。”

“凶手就顺手牵羊了。弄到这么趁手的凶器，运气不错。”

“噢，从某个角度来看是这样没错。”巴特尔缓缓说。

“哦，对夏塔纳先生来说当然不走运了，可怜啊。”

“我不是这个意思，罗伯茨医生。我是指这件事还可以从另一个角度来考虑。我忽然想到，这说明凶手是发现这个东西之后才心生杀意的。”

“临时起意？不是预谋杀人？来了以后才动杀机？呃——你有什么依据吗？”罗伯茨打量着巴特尔，想一探究竟。

“只是一个想法而已。”巴特尔警司面无表情地回答。

“啊，当然也不排除这种可能。”罗伯茨医生慢吞吞地说。

巴特尔警司清了清喉咙。

“那就不耽误你的时间了，医生。感谢你的协助。方便的话请留个地址。”

“没问题。西二区，葛洛切斯特街两百号。如果打电话可以联系贝斯沃特二三八九六。”

“谢谢。不久我可能会登门拜访。”

“随时欢迎。但愿报纸上别大肆渲染，我不希望那些紧张的病人担心。”

巴特尔警司回头看看波洛。

“不好意思，波洛先生，如果你有问题想问，医生应该不会介意。”

“当然不会，当然不会。波洛先生，久仰久仰。小小的灰色细胞——讲究秩序和方法。这些我都知道。你问的问题肯定特别有启发性。”

波洛两手一摊，一看就是外国人。

“不，我只想梳理一下细节问题。例如，你们打了几轮桥牌？”

“三轮，”罗伯茨医生立即回答，“你们来的时候我们正打第四轮。”

“是怎么搭档的？”

“第一轮德斯帕和我对战两位女士。她们赢了，上帝保佑。我们根本没机会，完败。

“第二轮，梅瑞迪斯小姐和我对战德斯帕和洛里默太太。第三轮，洛里默太太和我对战梅瑞迪斯小姐和德斯帕。我们每次都切牌选搭档，不过巧得很，大家刚好轮流组合了一遍。第四轮梅瑞迪斯小姐又和我搭档。”

“输赢结果呢？”

“洛里默太太每轮都是赢家。梅瑞迪斯小姐第一轮赢了，后两轮输了。我小赚一点，梅瑞迪斯小姐和德斯帕输了一些。”

波洛笑道：“刚才警司问你这几位牌友谁可能是凶手。现在我来问问你对他们的牌技怎么评价。”

“洛里默太太的牌技一流，”罗伯茨医生马上答道，“我打赌，她每年靠打桥牌都能赚不少钱。德斯帕也打得不错——风格比较理智，很有预判力；梅瑞迪斯小姐嘛，可以说比较爱打安全牌，不太犯错，却不够机灵。”

“你自己呢，医生？”

罗伯茨眨了眨眼。“别人都说我叫牌叫得太高，但我总有不错的回报。”

波洛笑了笑。

罗伯茨医生站起身。“还有其他事吗？”

波洛摇摇头。

“好的，晚安。奥利弗太太，晚安。你该拿这个案子做蓝本写小说。比你那些无法追查的毒药更有趣吧？”

罗伯茨医生踏出房门，步履又变得轻快多了。房门关上后，奥利弗太太不悦地抱怨：“蓝本！什么蓝本啊！人类的头脑都太死板了。我随随便便就能创作出比真实案件精彩得多的谋杀。我笔下从来不缺情节，而且我的读者喜欢无法追查的毒药！”

第五章 第二个凶手？

洛里默太太以贵妇般的姿态走进餐厅，她脸色略显苍白，但神情十分镇定。

“给你添麻烦了。”巴特尔警司说。

“你也是职责所在嘛。”洛里默太太平静地答道，“确实，目前这种局面令人很不愉快，但逃避也不是办法。我知道那个房间里的四个人之中必定有一个凶手。当然，就算我说自己不是，你们也未必相信。”

她坐进瑞斯上校挪过来的椅子里，和警司面对面，精明的灰色双眸迎上他的目光。她认真地等待着。

“你跟夏塔纳先生很熟？”警司问道。

“不太熟。认识好几年了，但来往不多。”

“你是在哪里认识他的？”

“埃及的一家酒店——好像是卢克索的‘冬宫’酒店。”

“你觉得他这人怎么样？”

洛里默太太微微一耸肩。

“我觉得他——这么说吧，是个骗子。”

“你，恕我冒昧，没有除掉他的动机吗？”

洛里默太太似乎被逗乐了。

“说真的，巴特尔警司，就算我有动机，难道会承认吗？”

“也许会，”巴特尔说，“真正明智的人会知道，纸终究包不住火。”

洛里默太太垂下头，若有所思。

“这话也没错。不，巴特尔警司，我没有除掉夏塔纳先生的动机。其实他是死是活我都不在乎。我觉得他喜欢装腔作势，行为乖张，有时候很烦人。这是我的看法。”

“好的。洛里默太太，能否谈谈对另外三位牌友的印象？”

“恐怕我了解得有限，德斯帕少校和梅瑞迪斯小姐都是今晚第一次见。他们都挺讨人喜欢的。罗伯茨医生之前认识，印象中他是个很受欢迎的医生。”

“你没找他看过病？”

“噢，没有。”

“那么，洛里默太太，能否说说今晚你离开座位多少次，以及其他三人的行动？”

洛里默太太不假思索地回答了。

“我就猜到你要问这个，刚才我已经回忆过了。我当明手时起来过一次，去了壁炉那边，当时夏塔纳先生还活着。我跟他说用木柴烧火真好。”

“他回答了？”

“他说他讨厌暖炉。”

“有人听见你们的对话吗？”

“应该没有。我刻意压低嗓门，免得打扰牌友。”她淡淡地补充了一句，“事实上，夏塔纳先生当时还活着、并且和我说过话这件事，只是我的一面之词而已。”

巴特尔警司并未深究，继续以冷静而条理分明的态度询问。

“当时是几点？”

“我们差不多已经打了一小时多一点。”

“其他人呢？”

“罗伯茨医生端过一杯饮料给我。更晚的时候，他自己也拿了一杯。大概十一点十五分时，德斯帕少校也去端了杯饮料。”

“只有一次？”

“不……好像是两次。男士们起来好几次，但我没注意他们干什么。梅瑞迪斯小姐似乎只离开过座位一次，绕过去看搭档的牌。”

“但她一直留在牌桌周围？”

“我不敢确定。她也可能走开过。”

巴特尔点点头。“这些表述都很模糊啊。”他咕哝着。

“很抱歉。”

巴特尔又一次变魔术般抽出那锋利而精致的短匕首。

“请你看看这个，洛里默太太。”

洛里默太太不动声色地接过来。

“以前见过吗？”

“从没见过。”

“就放在客厅的桌子上。”

“我没注意。”

“洛里默太太，你可能已经意识到了，用这样的武器，女人也可以跟男人一样轻松地取人性命。”

“估计是吧。”洛里默太太平静地答道。

她倾身将那精美的小玩意儿还给他。

“但话说回来，”巴特尔警司又说，“那个女人也得彻底豁出去。风险非常大。”

他等了一分钟，但洛里默太太没做任何回答。

“你知不知道另外三人和夏塔纳先生的关系？”

她摇摇头。“完全不了解。”

“能否谈谈你觉得他们三个谁最有可能是凶手？”

洛里默太太僵硬地挺了挺身板。

“这不是我的风格。这种问题相当失礼。”

警司尴尬得活像个被奶奶狠狠批评了一顿的小男孩。

“请留个地址。”他拉过笔记本。

“切尔西，奇尼小区一百一十一号。”

“电话号码？”

“切尔西四五六三二。”洛里默太太站起身。

“你有问题吗，波洛先生？”巴特尔赶紧说。

洛里默太太停下来，稍微低下头。

“夫人，我不问牌友们有多大可能是凶手，只打听打听他们的牌技，应该不算失礼吧？”

洛里默太太冷冷地答道：“如果跟案件有关，我当然不介意。不过我看不出打牌和案子的关系何在。”

“这一点由我判断。方便的话就谈谈吧，夫人。”

洛里默太太以哄傻孩子似的厌烦口吻答道：“德斯帕少校的打法很稳健。罗伯茨医生叫牌叫得太高，但打得很有技巧。梅瑞迪斯小姐打得不错，却有些过于谨慎。还有其他问题吗？”

这回变魔术的是波洛，他拿出四张揉皱了的桥牌计分纸。

“夫人，这些计分纸有你亲笔记录的吗？”

她检查了一遍。“这张是我写的，第三轮的分数。”

“这张呢？”

“一定是德斯帕少校写的。他每记一局就画掉之前的分数。”

“这一张？”

“梅瑞迪斯小姐写的。第一轮。”

“所以没记完的这张是罗伯茨医生写的？”

“对。”

“多谢，夫人。就这样吧。”

洛里默太太转向奥利弗太太。“晚安，奥利弗太太。晚安，瑞斯上校。”

她和四人都握了手才离开。

第六章 第三个凶手？

“从她嘴里挖不出什么情报，”巴特尔说，“还反将我一军。她这人很传统，一心为别人着想，却傲慢得要命！我不相信她是凶手，但也难说。她做事很果断。波洛先生，你研究桥牌计分表的用意是？”

波洛将计分表摊在桌上。

“你不觉得很有启发吗？这次的案子，我们应该关注什么？答案就是指向性格的线索。不是一个人的性格，而是四个人。最能体现性格的，莫过于这几张纸，这些潦草的字迹。请看第一轮：进程平淡，很快就结束了。字很小，很整齐，加减法做得很仔细——计分的是梅瑞迪斯小姐，她和洛里默太太搭档。她们一直占上风，最后赢了。

“下一张纸，每记一次就画掉之前的，不容易看出牌局进展，却可以窥见德斯帕少校的个性——喜欢一眼就看清自己的处境。字比较小，风格鲜明。

“第三轮由洛里默太太记分，她和罗伯茨医生搭档对战另外两人。争夺非常激烈，双方的分数轮番上涨。医生叫牌叫得太高，最终未能得手——但他们两位都是一流的高手，所以一直没落后太多。如果医生过高的叫牌引得对方也轻率叫牌，他们就有机会通过‘加倍’锁定胜局。看，这些数字是没打成的加倍牌。字迹也很有特点，优雅、清晰、有力。

“这是最后一张计分表——没打完的那一轮。你看，我收集了每个人写的一张计分表。字体很有派头，分数不如前一盘高。大概因为医生跟梅瑞迪斯小姐一组，而她打牌很胆怯吧。他的叫牌吓得她更保守了。

“可能你觉得我问的那些问题很愚蠢，其实不然。我要了解这四名牌手的个性，而由于我只问桥牌的问题，他们都乐意开口。”

“我从不认为你的问题愚蠢，波洛先生，”巴特尔说，“我多次见识过你的精彩表现。大家各有各的办案方法，我理解。我一般都让手下的探员们自由发挥，每人都得摸索出最适合自己的方式。这些以后再说，先请那女孩进来。”

安妮·梅瑞迪斯心烦意乱。她站在门口，呼吸急促。

巴特尔警司立即化身为慈父。他起身为她摆好一把椅子，角度稍稍错开。

“坐，梅瑞迪斯小姐，请坐。别紧张。这件事表面看起来很吓人，但其实问题没那么严重。”

“这已经够严重的了，”女孩低声说，“可怕……真可怕——想到我们之中有一个……有一个人……”

“思考的事就交给我好了，”巴特尔和蔼地说，“梅瑞迪斯小姐，先说说你的住址。”

“沃林福德，温顿别墅。”

“没有市区的地址？”

“没有，来市区时我会在俱乐部暂住。”

“俱乐部是？”

“‘女子海陆军’俱乐部。”

“好的。那么，梅瑞迪斯小姐，你跟夏塔纳先生熟吗？”

“一点都不熟。我一直觉得他很吓人。”

“为什么？”

“哎，本来就是啊！那恐怖的微笑！还有他低头看你的样子，简直要咬你一口。”

“你们认识多久了？”

“九个月左右。我是去瑞士参加冬季运动时认识他的。”

“没想到他还参加冬季运动。”巴特尔吃了一惊。

“他只滑雪。滑得非常好，技巧高明，花样很多。”

“嗯，听起来很符合他的个性。后来你们经常见面吗？”

“唔……挺多次。他请我参加宴会之类的活动，都挺有意思。”

“但你不喜欢他这个人？”

“不，他让人浑身哆嗦。”

巴特尔温和地问：“但你没有害怕他的特殊理由吧？”

梅瑞迪斯抬起清澈的大眼睛，直视着他。

“特殊理由？哦，没有。”

“那就好。说说今晚的事，你离开过座位吗？”

“我想没有。哦，对了，应该有一次。我绕过去看别人的牌。”

“但是你一直留在牌桌附近？”

“是的。”

“确定吗，梅瑞迪斯小姐？”

女孩突然脸红了。

“不……不，我好像也走动过。”

“好。不好意思，梅瑞迪斯小姐，请尽量说实话。我知道你很紧张，人紧张的时候就容易——就容易按自己的愿望来描述事情经过，其实这是得不偿失的。你走动过。是不是去了夏塔纳先生的方向？”

女孩沉默半晌，才说：“说实话……说实话……我忘了。”

“好，就算你有可能去了那边。你了解另外那三个人吗？”

女孩摇摇头。“从没见过他们中的任何一位。”

“你对他们怎么看？有谁可能是凶手？”

“我无法相信，就是无法相信。不可能是德斯帕少校。我也不相信是医生。毕竟医生可以用简单得多的方法杀人——毒药之类。”

“换句话说，如果其中有凶手，你倾向于洛里默太太。”

“噢，不，肯定不是她。她那么有魅力——和她打桥牌很愉快。她自己牌技那么好，却不让人无端紧张，也不会挑别人的毛病。”

“但你把她的名字留到最后。”巴特尔说。

“只是因为捅人一刀有点像女人的做法。”

巴特尔又变了一次魔术。安妮·梅瑞迪斯往后一缩：“噢，太恐怖了！我……我非拿不可吗？”

“最好拿一下。”

她战战兢兢地接过匕首，反感使她的整张脸都变形了。

“这么小的东西——就用这个——”

“跟切黄油似的，”巴特尔兴致勃勃地说，“连小孩都能办到。”

“你是指，你是指——”那双大眼睛惊恐万分地盯着他，“我也可能是凶手？但我没干。噢！不是我！我为什么要杀他？”

“这正是我们想了解的问题，”巴特尔说，“动机是什么？为什么有人想杀夏塔纳？他的举止很夸张，但据我了解，他并不危险。”

她似乎微微倒吸了一口气，胸口忽然一鼓。

“至少他不是敲诈犯之类的，梅瑞迪斯小姐。”巴特尔继续说，“不过反正你也不像藏有很多罪恶隐秘的女孩。”

她第一次微笑了，对他的宽宏和蔼深感欣慰。

“嗯，确实没有。我没有任何秘密。”

“那就不用担心了，梅瑞迪斯小姐。我们可能还会登门向你请教一些问题，不过全是例行公事。”巴特尔站起身，“现在你可以走了。我会让警员帮你叫出租车。你不用躺在床上瞎操心，吃两片阿司匹林吧。”

他送她出去。回来后，瑞斯上校低声调侃：“巴特尔，你真是谎话大师！那种慈父的姿态真是无人能比。”

“没必要和她拉锯，瑞斯上校。这个可怜的孩子可能确实吓坏了——如果真是那样，再逼问她就过于残忍了，而我从来不是残忍的人；又或者她的演技太精彩，那即使我们留她到半夜，也不会有任何进展。”

奥利弗太太长叹一声，两手胡乱捋了几下刘海，把它弄得直立起来，整个人看着就像醉汉。“知道吗，”她说，“现在我相信她才是凶手！幸亏这不是小说。读者可不喜欢年轻漂亮的女孩变成凶手。不过我仍然看好她。波洛先生，你觉得呢？”

“我刚刚有了新发现。”

“又是桥牌计分问题？”

“嗯。安妮·梅瑞迪斯把计分纸翻过来，画了线，反面接着用。”

“这说明什么？”

“说明她生活拮据，不然就是天生节俭。”

“她穿的衣服可不便宜。”奥利弗太太说。

“请德斯帕少校进来。”巴特尔警司说。

第七章 第四个凶手?

德斯帕迈着敏捷轻盈的步伐走进房间——令波洛想起某种动物，又像是某个人。

“抱歉让你久等了，德斯帕少校，”巴特尔说，“不过我想安排女士们尽快离开。”

“不用道歉，我理解。”德斯帕坐下来，用探询的目光打量着警司。

“你跟夏塔纳先生熟吗？”巴特尔开口问道。

“见过两次。”德斯帕言简意赅。

“就两次？”

“仅此而已。”

“在什么场合？”

“大约一个月前，我们参加了同一场家宴。一星期后，他又邀请我参加鸡尾酒会。”

“在这里举行的鸡尾酒会？”

“对。”

“具体是在哪儿？这个房间还是客厅？”

“所有的房间。”

“你见过这个东西吗？”

巴特尔再次出示匕首。

德斯帕少校撇了撇嘴。

“不，”他说，“当时我没有特意记下这个东西的位置，以备不时之需。”

“不必过多揣测我的话，德斯帕少校。”

“不好意思，这个推论显而易见。”

片刻冷场后，巴特尔继续发问。

“你有什么讨厌夏塔纳先生的原因吗？”

“数不胜数。”

“呃？”警司有些吃惊。

“我是指讨厌他，而不是杀人动机。”德斯帕说，“我一点都不想杀他，但我巴不得狠狠踹他几脚。很遗憾，现在没机会了。”

“为什么想踹他，德斯帕少校？”

“他这种鼠辈，就是欠踹。见了他，我的脚就忍不住发痒。”

“你对他了解多少——我是指不良品行？”

“他的打扮太讲究，头发太长，身上的味道也难闻。”

“但你却答应来参加他的晚宴。”巴特尔指出。

“巴特尔警司，如果只去我欣赏的主人家，那我赴宴的机会恐怕不多。”德斯帕冷冷答道。

“你喜欢人际交往，却不适应这些社交方式？”

“我对社交的喜好只能持续很短时间。从蛮荒地区回到灯火通明的宅邸，和衣着考究的女人聚一聚，跳跳舞，吃一些美食，谈笑风生——对，我很享受，但只是暂时的。那种虚伪的氛围很快就让我恶心，于是我又想逃离。”

“德斯帕少校，你在蛮荒地区的游历生活一定很危险。”

德斯帕耸耸肩，微微一笑。

“夏塔纳先生的生活并不危险——可他死了，我还活着！”

“他的生活也许比你想象中的危险得多。”巴特尔意味深长地说。

“这是什么意思？”

“夏塔纳先生有点好管闲事。”巴特尔说。

对方倾身向前。“你是指他管别人的闲事，然后发现了——什么？”

“其实我是说，他也许是那种，呃，和女人纠缠不清的类型。”

德斯帕少校靠回椅背上。他似乎被逗笑了，但笑声中又带有几分冷漠。

“我想女人应该不会太在乎这种骗子。”

“在你看来，杀他的凶手是谁，德斯帕少校？”

“噢，不是我，也不会是梅瑞迪斯小姐。我无法想象洛里默太太下得了手，她让我想起我那几位敬仰上帝的姑妈。那就只剩医生了。”

“能否说说今晚你自己和其他人的活动？”

“我站起来两次——一次去拿烟灰缸，还拨了炉火，另一次去拿饮料。”

“具体时间？”

“不好说。第一次大概十点半，第二次十一点，我纯粹瞎猜的。洛里默太太曾经走到炉边一次，跟夏塔纳先生说了几句话。我没听见他回答，但我当时没留意，不敢保证他没开口。梅瑞迪斯小姐在屋里逛了一会儿，但她似乎没接近壁炉。罗伯茨医生总是上蹿下跳的，至少起身三四次。”

“我替波洛先生问问，”巴特尔笑道，“你觉得他们三位牌技如何？”

“梅瑞迪斯小姐打得不错。罗伯茨叫牌叫得太高，挺丢人的。他该输得更惨才对。洛里默太太的牌技棒极了。”

巴特尔转向波洛。

“还有问题吗，波洛先生？”

波洛摇摇头。

德斯帕留了奥尔巴尼街的住址，与他们道过晚安，就离开了。

门刚关上，波洛就动了动。“怎么了？”巴特尔问道。

“没什么，”波洛说，“只是突然觉得他走路像老虎——对，没错，柔软、轻盈，正是老虎一般的步伐。”

“唔！”巴特尔环顾三位同伴，“他们之中，究竟谁是凶手？”

第八章 凶手是哪一个？

巴特尔的目光依次扫过每张脸。只有一个人回答了他的问题。奥利弗太太向来不吝发表观点，立刻就开口了。

“女孩或医生。”她说。

巴特尔用视线征求另两位的意见。但他们都不愿发言。瑞斯摇摇头。波洛则仔细抚平皱巴巴的桥牌计分表。

“他们之中有一个凶手，”巴特尔说，“其中一个撒了弥天大谎。但究竟是哪一个？不好判断，不好判断。”

他又沉默了一两分钟，然后说：“总结一下他们的说法：医生认为是德斯帕，德斯帕认为是医生，那个女孩认为是洛里默太太，洛里默太太不肯说！没什么启发。”

“也许没有。”波洛说。

巴特尔立即瞥了他一眼。“你认为有？”

波洛挥挥手。“细微的差别，没什么。”

巴特尔又说：“你们两位真是守口如瓶——”

“没有证据。”瑞斯直截了当地说。

“哎，你们这些男人！”奥利弗太太受不了沉闷的局面。

“我们大致审视一下可能性吧，”巴特尔沉吟片刻，“我的头号嫌疑人是医生。以他的特定职业，应该知道从什么位置插进匕首最致命。但也只有这个理由而已。然后是德斯帕。他很有胆量，习惯于当机立断，而且善于冒险。洛里默太太？她的胆量也不小，而且像是那种藏有某种秘密的女人。她似乎遇到过一些麻烦。但从另一方面来说，她又是个很有原则的女人——简直可以当女校的校长。很难想象她会拿刀捅人。事实上，我不认为她会是凶手。最后是年轻的梅瑞迪斯小姐。我们对她一无所知。表面上看来，她是个普通、漂亮，还很害羞的女孩，但谁知道呢？我说了，我们对她一无所知。”

“我们知道夏塔纳先生认定她杀过人。”波洛说。

“天使的面孔下，隐藏着魔鬼的本性。”奥利弗太太沉吟道。

“这能说明什么问题呢，巴特尔？”瑞斯上校问。

“你觉得推测没有益处吗？哎，这种案子不推测可不行。”

“直接追查这些人的底细岂不更好？”

巴特尔笑了笑。“噢，我们会尽力调查。你也可以帮我们一把。”

“没问题。怎么查？”

“关于德斯帕少校，他经常出国——南美、东非、南非。你有办法打探那些地方的消息，可以调查他的资料。”

瑞斯点点头。“可以安排。我会搜集能搜集到的所有信息。”

“噢，”奥利弗太太喊道，“我有个计划。我们一共四个人——不妨说是四个侦探。他们也是四个人！一对一认领怎么样？瑞斯上校查德斯帕少校，巴特尔警司查罗伯茨医生。我去查安妮·梅瑞迪斯，波洛查洛里默太太。各显神通！”

巴特尔警司断然摇头。

“不行，奥利弗太太。你知道，这是公事，负责案子的是我。所有线索我都得跟进。再说一对一也没那么容易安排。也许我们之中有两个人瞄准同一个目标呢！瑞斯上校可没说他怀疑德斯帕少校，波洛先生也未必会把赌注压在洛里默太太那里。”

奥利弗太太叹着气。

“多好的计划啊，”她遗憾地连声叹息，“那么完美。”接着她又振作起来，“但你总不反对我自己做点小调查吧？”

“不会，”巴特尔警司慢条斯理地回答，“我不反对。事实上，我也无权反对。既然你参加了今晚的宴会，自然可以采取任何满足你好奇心或是兴趣的行动。不过，奥利弗太太，我要提醒你，最好小心一点。”

“绝对保密，”奥利弗太太说，“我不会走漏半点风声——”她这话似乎说得底气不足。

“我想巴特尔警司不是这个意思，”赫尔克里·波洛说，“他是指，根据我们的推断，你的对手可能杀过两次人，如果他觉得有必要，会毫不犹豫地杀第三次。”

奥利弗太太若有所思地看看他，笑了——愉悦而动人的笑容，像个冒失的小孩。

“你已经得到了警告。”她转述了这句名言，“谢谢，波洛先生，我会处处留神的，但我绝不退出。”

波洛优雅地微鞠一躬。“容我评论一句——夫人，你真是闲不住。”

奥利弗太太坐得笔直，以参加商务会议的语气说：“我提议，我们搜集到的所有情报都应该共享——也就是说，有了线索不能自己保密。当然，各种推论和印象可以藏在心里。”

巴特尔警司叹了口气。“这不是侦探小说，奥利弗太太。”

瑞斯也说：“所有情报自然都得交给警方。”

“义正词严”地说完这句话之后，他又眨眨眼睛。“我相信你一定会遵守游戏规则，奥利弗太太。染血的手套、漱口杯上的指纹、烧焦的碎纸片……你都会交给巴特尔。”

“你尽管嘲笑吧，”奥利弗太太说，“但女性的直觉——”她坚定地点点头。

瑞斯站起身。

“我会帮你调查德斯帕。可能要花点时间。还有什么可以效劳的？”

“应该没有了，谢谢你。有什么建议吗？我调查时会有所侧重。”

“嗯。唔……我会重点关注枪击、毒杀或意外事故，但想必你本来也会朝这些方向发掘。”

“我记下了——好的，先生。”

“很好，巴特尔。办案这方面就不用我来教你了。晚安，奥利弗太太。晚安，波洛先生。”瑞斯上校最后一次向巴特尔点头致意，走出房间。

“他是谁？”奥利弗太太问道。

“他在军队有辉煌的纪录，”巴特尔说，“也经常游历各国，世界上没几个地方是他不知道的。”

“我猜他是特工，”奥利弗太太说，“要不今晚怎么会邀请他呢。你不方便明说，我懂。四个凶手对四个侦探——苏格兰场、特工、私家侦探、侦探小说家。绝妙的安排。”

波洛摇摇头。

“你错了，夫人。这个主意极其愚蠢。老虎受惊了——突然扑了过去。”

“老虎？为什么说老虎？”

“我是用老虎来比喻凶手。”波洛答道。

巴特尔直入主题：“你觉得我们该采取什么策略，波洛先生？这是个大问题。我还想知道你会怎样从心理角度看待这四个人。你特别热衷于这一套。”

波洛一边继续抚平桥牌计分纸，一边说：“你说得对，心理状态非常重要。我们已经知道凶手犯的是什么类型的谋杀案，以及具体的谋杀方式。如果从心理角度可以判断某人不可能犯下这一类谋杀案，我们就可以将他排除出嫌疑名单。我们对这些人已略有了解，有了初步印象，也知道应该分别从什么角度追查他们；根据他们打牌的战术、计分方式和笔迹，对他们的思想和性格也有了一定的了解。可惜，要直接得出肯定的结论，没那么容易。这起谋杀需要胆量和勇气，凶手是一个勇于冒险的人。

“那么，首先是罗伯茨医生——喜欢虚张声势，叫牌叫得过高，冒险时完全相信自己的能力。他的心态与这起案件非常合拍。你也许会说，这么一来梅瑞迪斯小姐的嫌疑就自动消除了。她十分胆怯，害怕过高的叫牌，小心、节俭、谨慎、缺乏自信——最不可能鲁莽地采取这种风险极大的突然袭击方式。但胆怯的人也会因恐惧而杀人。极度恐慌和紧张的人一旦陷入绝望，会像被逼入死角的老鼠，可能会拼死反击。如果梅瑞迪斯小姐以前犯过罪，而且又相信夏塔纳先生掌握了内情、准备将她交由法律制裁，她一定会恐惧得发疯，进而不择手段以求自保。结果相同，只是心理反应的过程不同而已——不是冷静、大胆，而是绝望得发狂。

“然后是德斯帕少校——淡定、足智多谋的人，只要他认为有必要，就会不惜冒险。他会权衡利弊，最终确定是否值得一搏——他是积极的行动派，只要他确信有一定的胜算，便不会在风险面前退缩。最后是洛里默太太，上了年纪的老太太，才智和能力却很出众。她性格冷静，精于算计，说不定她的脑筋在四个人中最出色。我想，如果洛里默太太是凶手，一定早有预谋。我能想象她有条不紊、百般谨慎地策划一起谋杀，以确保整个计划万无一失。鉴于这一理由，我感觉她的嫌疑比其他三人稍低。不过，她的性格很强势，无论做什么都能做到完美无缺。她是个效率极高的女人。”他停住了。

“结果又绕回来了。不，查这个案子只有一个办法：追查他们的过去。”

巴特尔叹了口气，嘀咕着：“你说过了。”

“在夏塔纳先生看来，这四个人全都是凶手。他有证据吗？还是猜测而已？无法判断。我想他不太可能掌握多达四起谋杀案的确切证据——”

“我同意，”巴特尔点点头，“否则也未免太巧了。”

“我想应该是这么回事——偶然谈到谋杀或某一特定类型的谋杀时，夏塔纳先生正好捕捉到某人的表情。他非常敏锐，对表情十分敏感。他以试验为乐，通过漫无目标的谈话辗转刺探，时刻盯紧对方是否退缩、有无保留、是否急于转移话题。噢，这很简单。如果你格外怀疑某个秘密，要确证你的疑虑就再容易不过了。如果你刻意留心，每次偶然命中目标的只言片语都不会逃过你的眼睛。”

“我们这位已故的朋友一定很享受这种游戏。”

“那不妨假设有一两件案子就是这样发现的。也许他偶然接触到了另一件案子的确凿证据，便穷根究底。我怀疑他对某一起案件的了解是否充分到了——比如，足以呈送给警方正式立案的程度。”

“也不一定，”巴特尔说，“往往有些疑点，虽然我们怀疑其中有问题，却永远无法证明。无论如何，我们的行动方案很清楚了。先调查这些人的全部背景——重点关注任何不寻常的死亡事件。你们应该跟上校一样，注意到夏塔纳在晚宴上说的话了。”

“黑天使。”奥利弗太太喃喃自语。

“有几句话提到了毒药，意外事故，医生的良机和枪支走火。如果是这几句话给他签下了死刑执行令，我可一点儿也不意外。”

“那番话让人很不舒服。”奥利弗太太说。

“的确，”波洛说，“那些话至少戳中了某个人的要害，那个人大概以为夏塔纳掌握的内幕远比实际上来得多；那个人以为这是通往大结局的序幕，夏塔纳安排的晚宴正是一出好戏，以逮捕凶手为最高潮！不错，如你所说，他用那些话做鱼饵逗引客人们的同时，也签署了自己的死刑执行令。”

众人陷入沉默。

“战线会拉得很长，”巴特尔叹道，“我们不可能一下就查出所有资料，而且还得万分小心，不能让这四人中的任何一位怀疑我们的目的。所有的问题表面上必须围绕这起案件本身。绝不能被他们察觉我们已摸到凶手的动机。最麻烦的是，我们要查的陈年谋杀案不止一件，而是四件。”

波洛提出异议。

“我们的朋友夏塔纳先生未必绝对可靠，”他说，“他可能，只是可能，弄错了。”

“四件都弄错？”

“不，他还不至于笨到那种程度。”

“错一半对一半？”

“也不至于。在我看来，也许错了四分之一。”

“一个清白，另外三个有罪？那也够糟糕的了。最惨的是，即便我们查出真相，可能也于事无补。就算某人多年前把他或她的老姑婆推下楼梯，对眼下这件案子，也不能说明什么问题。”

“可以，可以，都有用，”波洛鼓励他，“你理解的，我想到的你应该也想到了。”

巴特尔缓缓点头。

“我懂你的意思，”他说，“同样的犯罪特征。”

“你是指从前那起事件的死者也是被匕首捅死的？”奥利弗太太问。

“不一定这么简单，奥利弗太太。”巴特尔转向她，“但我相信两次犯罪基本属于同一类型。细节也许有差异，但其中蕴含的基本要素一致。说来也怪，凶手居然每次都在同样的地方出现纰漏。”

“人是一种缺乏创意的动物。”赫尔克里·波洛说。

“女人的变化却无穷无尽。”奥利弗太太说，“我绝不会用同一手法杀两次人。”

“难道你的小说里没有两次用过同样的布局？”巴特尔问道。

“《莲花谋杀案》，”波洛低声说，“《蜡烛的线索》。”

奥利弗太太转向他，感激得两眼放光。“你真聪明，太聪明了。那两本书当然用了相同的布局，但别人都看不出来。一本写的是内阁成员周末聚会时文件失窃，另一本则是婆罗洲一个橡胶农场主家发生的命案。”

“但布局的核心元素都一样，”波洛说，“是你笔下最干净利落的诡计之一。农场主设计了他自己的命案，内阁成员则导演了自己的文件失窃案，结果最后关头都因为第三者插手而弄假成真。”

“我喜欢你的最新作品，奥利弗太太，”巴特尔警司也称赞道，“几位警察局局长纷纷中枪的离奇巧合。你描写官方的情节时只有一两处细节失误。我知道你一贯追求精确，所以不知是否——”

奥利弗太太打断了他。

“其实我才不在乎精确问题。谁能一丝不苟？这年头没人办得到。如果一名记者这么写：一个二十二岁的漂亮女孩眺望大海、吻别心爱的拉布拉多犬‘鲍勃’，然后打开煤气自杀，谁会没事找事去挑刺说那女孩其实是二十六岁，房间面朝内陆，那只狗是锡利哈姆梗，名叫‘邦尼’？如果连记者都能随便写写，那我混淆了警衔，想写自动手枪却写成左轮手枪，想写留声机却写成窃听器，还用了让被害人服下后只来得及说半句话就咽气的毒药，又有什么关系？

“最重要的是大量的尸体！如果内容比较沉闷，多来点鲜血就生动了。某人刚要透露某些信息，却被灭口！这一招屡试不爽。我的每部作品都有——当然，加了各种各样的包装。读者喜欢来历不明的毒药；喜欢看笨蛋警察和少女被绑在地下室，同时，下水道的瓦斯或者污水即将猛灌进来，诸如此类麻烦透顶的杀人方式；喜欢能单枪匹马对付三到七个恶棍的大英雄。我已经写了三十二本书——波洛先生似乎注意到了，模式其实都差不多——但别人都没发觉。只有一个遗憾：我把侦探写成了芬兰人。其实我根本不了解芬兰人。芬兰读者常给我来信，指出侦探的某些言行太不可思议。芬兰人似乎特别喜欢侦探小说，可能是冬季太漫长，日照太少的缘故。保加利亚人和罗马尼亚人好像根本不看。早知道我就把他写成保加利亚人了。”

她突然停住。

“真对不起，我废话太多了。眼下是真正的谋杀啊！”她兴奋得满脸放光，“如果他们四个人都没杀他，那该有多精彩。如果他邀请这么多人，然后悄悄自杀，通过制造混乱来取乐……”

波洛赞许地点点头。“值得敬佩的结局，如此干脆，如此讽刺。但很可惜，夏塔纳先生不是那种人，他非常爱惜生命。”

“我看他不是好人。”奥利弗太太缓缓答道。

“他确实不是好人，”波洛说，“但他本来活着，现在死了。正如我告诉过他的那样，对于谋杀，我秉持中产阶级的传统道德观。我反对谋杀。”

他又轻轻加上一句：“所以，我准备深入虎穴。”

第九章 罗伯茨医生

“早上好，巴特尔警司。”

罗伯茨医生从椅子上站起来，伸出带有消毒肥皂水气味的粉红色的大手。

“进展如何？”他问。

巴特尔警司环视舒适的诊疗室，然后回答：“哎，罗伯茨医生，严格说来，完全没有进展。案情停滞不前。”

“报上披露的信息不多，我很高兴。”

“‘知名人士夏塔纳先生在自家晚宴上突然死亡’，暂时只到这个程度。验尸已经结束了。我带来一份报告，你也许有兴趣。”

“非常感谢，我看看。嗯——第三颈椎骨，如此等等。对，很有趣。”

他把报告还给巴特尔。

“我们咨询过夏塔纳先生的律师，得知了他的遗嘱内容。没什么特别的，他似乎有亲戚在叙利亚。当然，我们也查了他所有的私人文件。”

是幻觉吗？还是眼前这张刮得干干净净的宽脸有些紧绷，表情略显僵硬？

“结果呢？”罗伯茨医生问道。

“一无所获。”巴特尔警司审视着他。

对方没有直接长出一口气——没那么露骨。不过医生坐在椅子上的身体似乎稍微放松和舒坦了一些。

“所以你来找我？”

“对，所以我来找你。”

医生的眉毛微微一挑，精明的目光直视巴特尔的双眼。

“想查我的私人文件——呃？”

“有这个打算。”

“拿到搜查令了？”

“还没。”

“哎，反正你很容易就能搞来一张，我就不为难你了。惹上谋杀的嫌疑可不是好事，但既然你是职责所在，我也不怪你。”

“谢谢，先生。”巴特尔警司发自肺腑地说，“我非常欣赏你的态度，真的。但愿其他的人也同样配合。”

“治不好的问题就只好忍着。”医生不失幽默。

他又说：“今天的病人都接待完了，我正准备出去探望病人。我把钥匙留给你，跟秘书打个招呼，所有资料你尽管翻查。”

“太好了，这就方便多了。”巴特尔说，“你走之前，我还有几个问题。”

“那天晚上的事？真的，我知道的都说了。”

“不，不谈那天晚上。谈谈你自己。”

“啊，老兄，那就问吧。你想知道什么？”

“请简要回顾你的职业生涯，罗伯茨医生，还有家庭出身、婚姻状况，等等。”

“我就当是为登上《当代名人录》热身吧。”医生故作严肃，“我的履历很简单。来自施洛普郡，出生在卢德罗，父亲是当地的医生，在我十五岁那年去世了。我在施鲁伯里上学，继承父业当了医生，奉圣克里斯托弗为守护神——不过这方面的细节你应该都调查过了。”

“查过。你是独生子，还是有其他兄弟姐妹？”

“独生子。父母亲都去世了，我目前单身。需要介绍这方面情况吗？我来这里和埃默里医生合伙开诊所，他大约十五年前退休，现在定居爱尔兰。如果你要他的地址，我可以给你。我这里还有一个厨师，一个客厅女仆和一个女佣。秘书只有白天来上班。我的收入不错，经我治疗后不幸死亡的病人数目也在合理范围内。怎么样？”

巴特尔露齿一笑：“这话真是意味深长，罗伯茨医生。你很有幽默感，这是好事。现在我再问一个问题。”

“在私生活方面，我的道德标准很严格，警司。”

“噢，我不是指这个。不不，只是想请你列出四位朋友的名字——那种私交多年的好朋友，作为参考。你明白我的意思吧？”

“嗯，我懂了。让我想想。在伦敦的人是不是好一点？”

“这样比较方便，不过也无所谓。”

医生想了一两分钟，用自来水笔在一张纸上潦草地写下四个名字和相对应的地址，推给书桌对面的巴特尔。

“这些可以吗？一时只想起这几个合适的人。”

巴特尔仔细看了一遍，点头表示满意，将纸张收进内侧衣袋。

“只是为了排除嫌疑而已。越早排除一个人，就能越快接着查下一个，对涉案人士也比较有利。我必须百分之百确认你和死者夏塔纳没有过节，也没有私交或生意往来；确认不存在他得罪过你，你怀恨在心的情况。你说和他只是点头之交，这我相信；但我信不信不重要，重要的是必须取得实证。”

“噢，我完全理解。没证明我说的是实话之前，必须先假设我撒了谎。警司，这是我的钥匙。这是书桌抽屉，这是柜子的——用这把小钥匙开的柜子里放的东西有毒，检查完务必锁好。我还是跟秘书交代一下吧。”他摁了桌上的按钮。

门立即开了，一个外表十分干练的年轻女子走进来。“有事吗，医生？”

“这位是伯吉斯小姐，这是苏格兰场的巴特尔警司。”

伯吉斯小姐冷冷瞟了巴特尔一眼，仿佛在说："天哪，这是什么怪物？"

"伯吉斯小姐，请尽量解答巴特尔警司的问题，按他的要求予以配合。"

"医生，既然你这么说，没问题。"

"那好，"罗伯茨站起身，"我要走了。吗啡放进我的公文包了吗？叫洛克哈特的那个病人需要——"

他边说边匆忙走出去，伯吉斯小姐紧跟在后。过了一两分钟，她回来说："巴特尔警司，需要我效劳的时候请按铃好吗？"

巴特尔警司道谢并答应了，然后开始办事。

他搜得很详细，很有条理，虽然他并不指望有什么重大发现。罗伯茨非常配合，实际上就排除了这种机会。罗伯茨不傻，他知道警方迟早要上门搜查，肯定早有防备。不过，罗伯茨并不知道巴特尔此来的真实目的，所以他仍有一丝希望找到线索。

巴特尔警司把抽屉开了又关，翻查文件夹、支票簿，估算了还没付款的账单——记下这些账单的支出用途，仔细检查罗伯茨的存折，翻阅他的诊疗档案，几乎没落下任何一份书面文件，但基本没有收获。他又查看了毒药柜，记下医生从什么地方批发药品，以及大致的往来账目，重新锁好药柜，转而检查橱柜。橱柜里大都是私人物品，但依然找不到他想要的东西。他摇摇头，坐进医生的椅子里，按下电铃。

伯吉斯小姐立即出现。

巴特尔警司客气地请她坐下，打量了她一会儿，才决定要用什么办法对付她。他立刻感受到了她的敌意，但还拿不准是该刻意强化这种敌意、以便激得她在盛怒之下疏于防备，还是采用比较柔和的态度迂回试探更好。

“伯吉斯小姐，你应该知道我今天来的理由。”最后他说。

“罗伯茨医生说过了。”伯吉斯小姐马上答道。

“目前的形势很微妙。”巴特尔警司说。

“是吗？”伯吉斯小姐应道。

“哎，棘手的案子。四个人都有嫌疑，其中一定有一个凶手。请问你是否见过这位夏塔纳先生？”

“从没见过。”

“有没有听罗伯茨医生谈起过他？”

“没有——不，我记错了，大约一星期前，罗伯茨医生叫我记录一次晚宴的具体时间。夏塔纳先生，十八号八点十五分。”

“那是你第一次听说夏塔纳先生的名字？”

“对。”

“没在报上看过他的名字？社交界的新闻里常有他。”

“我有正经事可做，才不去看什么高等社交新闻呢。”

“我还以为你看过。”警司温和地说，接着他又说，“是这样，四个人当然都只肯承认和夏塔纳先生不怎么熟，但其中一个人肯定和他交情不浅，才会到了要杀他的地步。我的任务就是查出究竟是哪一个人。”

于事无补的冷场。伯吉斯小姐对巴特尔警司的工作似乎毫无兴趣。她的职责是服从老板的指令，坐在这里听巴特尔警司说话，并答复他直接提出的问题。

“伯吉斯小姐，”虽然屡屡碰壁，警司仍锲而不舍，“你可能不太了解我们的难处。比如说，别人难免有些流言蜚语，虽然我们可能一句都不相信，但又不能不予以重视。尤其是这类案件。我不想对女人说三道四，但女人一激动起来，真的口无遮拦，管不住嘴，无凭无据就随口议论别人，暗示这个那个，还爱挖掘多年以前的种种与案件无关的是非。”

“你是说有人讲医生的坏话？”伯吉斯小姐追问。

“其实也没什么，”巴特尔小心地周旋，“不过嘛，我总得留意一下。什么病人死得很可疑之类的，也许都是无中生有。为这种事给医生添麻烦，真不好意思。”

“估计又有人拿葛雷弗斯太太那件事做文章。”伯吉斯小姐气冲冲地说，“真是人言可畏，不了解的事也敢胡乱议论。很多老太太都疑神疑鬼，以为所有人都想毒死她们——亲戚、用人，甚至她们的医生。葛雷弗斯太太来找罗伯茨医生之前已经换过三个医生，后来又用同样的理由无端猜疑他，转去请了李医生。罗伯茨医生还求之不得呢，他说这种事只能这么办。李医生之后，她又换了斯蒂勒医生、法默医生——直到她去世，可怜的老家伙。”

“你绝对想不到再小的细枝末节也能引来满城风雨。”巴特尔说，“在病人死后，如果医生得了点好处，就会被人议论得非常不堪。可是病人为了答谢医生，留给他一点小东西，甚至一大笔钱，又有什么不妥？”

“还不是那些亲戚嘛，”伯吉斯小姐说，“我总认为死亡最能引出人性卑鄙的一面。死者尸骨未寒，亲戚们就为分家产大闹起来。幸好罗伯茨医生没遇到这种麻烦。他总说最好病人什么也别留给他。记得他得到过一笔五十镑的遗赠，还有两根手杖、一只金表，没别的了。”

“专业人士的日子不好过，”巴特尔叹道，“特别容易被敲诈。即便你再清白，有时也难免被人说闲话。医生尤其需要避嫌，这就需要随时留心，反应要快。”

“有道理，”伯吉斯小姐说，“对医生来说，最难应付的就是歇斯底里的女人。”

“歇斯底里的女人，没错。我个人感觉问题就出在这里。”

“我猜你是指可怕的克拉多克太太吧？”

巴特尔装出冥思苦想的样子。

“我想想，三年前？不，不止。”

“有四五年了。那个疯女人！她出国的时候我简直高兴极了，罗伯茨医生也是。她对她丈夫撒了那么可怕的谎。当然，这种人总是如此。那个可怜的人完全变样了，落得一身病。哎，最后他患炭疽热死了，是刮胡子的时候感染的。”

“这我倒忘了。”巴特尔故意装傻。

“后来她出国了，也没活多久。不过我始终觉得这个女人很贱，特别爱缠着男人，你懂的。”

“我知道那种人，”巴特尔说，“非常危险。当医生的最好离她们远一点。她死在国外什么地方来着？我印象中——”

“我想是埃及吧。她患了败血病——当地的一种传染病。”

“还有一类情况，也让医生的处境很为难，”巴特尔突然转移话题，“如果他怀疑某个病人被亲戚毒死，他怎么办？他必须有十足把握，否则就闭嘴。但一旦后来传出流言，医生自己也撇不清。不知罗伯茨医生是否遇到过这种事？”

“应该没有，”伯吉斯小姐沉思着，“从没听说过。”

“从统计学角度，研究某个医生执业期间平均每年死了多少病人，也挺有意思的。比如说吧，你和罗伯茨医生一起工作了——”

“七年。”

“七年。那这期间死过多少病人？”

“这可不好说。”伯吉斯小姐开始心算，这时她的敌意已经消失了，戒心全无，“每年也就七八个吧，当然我记得不太确切，总共应该不超过三十个。”

“看来罗伯茨医生的医术比大多数同行来得高明。”巴特尔和蔼地说，“估计他的病人大都来自上流社会，有钱保养身体。”

“他是口碑很好的医生，诊断精确。”

巴特尔叹着气站起来。“我跑题跑得有点远了，本来是想查查医生和夏塔纳先生的关系。你确定他不是罗伯茨医生的病人？”

“完全确定。”

“没准他是用另一个名字来看病？”巴特尔递给她一张照片，“认识吗？”

“这人看着太像演员了！不，我从没在这里见过他。”

“好吧，那就这样。”巴特尔再次叹息，“算我欠医生一个人情，真的，各方面都这么配合。代我转达这句话，好不好？告诉他我去查二号嫌疑人了。再见，伯吉斯小姐，感谢你的协助。”

他与伯吉斯小姐握手道别，边走上大街边掏出小本子，在字母“R”字底下记了几行字。

葛雷弗斯太太？不可能。

克拉多克太太？

没有遗产。

没结婚（可惜）。

调查病人的死因。有难度。

他合上小本子，转入“伦敦和威塞克斯银行兰开斯特门分行”。他出示了正式名片，得以与银行经理密谈。

“早上好，先生。据我所知，杰弗瑞·罗伯茨是贵行的客户。”

“是的，警司。”

“我想查查他这些年的账户记录。”

“我安排一下。”

忙了半小时，最后巴特尔叹了口气，收起一张用铅笔抄写的数字表格。

“找到你需要的资料了吗？”银行经理好奇地问。

“不，没有。参考价值不大。但还是谢谢你。”

同一时间，罗伯茨医生正在诊疗室边洗手边扭头问伯吉斯小姐：“我们这位木头侦探怎么样，嗯？是不是把这里翻了个遍，没完没了地盘问你？”

“告诉你吧，他没从我这儿套出什么话。”伯吉斯小姐紧抿着嘴。

“好姑娘，其实没必要少说，我不是让你把他想知道的事全部告诉他吗？对了，他都问了些什么？”

“噢，他一直唠叨说你认识那个夏塔纳先生，还暗示他可能用假名字来这里看病。他拿了张照片给我看。那人也太像演员了吧！”

“夏塔纳？噢，是啊，长得就像现代的恶魔，挺能吓唬人的。巴特尔还问了什么？”

“其实也没什么。除了——哦，对了，有人跟他提过葛雷弗斯太太的疯话，你也知道她那一套。”

“葛雷弗斯？葛雷弗斯？噢，对，葛雷弗斯老太太！太可笑了！”医生乐不可支，开怀大笑，“实在太可笑了。”

他心情大好，进里屋去吃午餐。

第十章　罗伯茨医生（续）

巴特尔警司和赫尔克里·波洛共进午餐。巴特尔情绪低落，波洛深表同情。

“看来你今早不太顺利。”波洛沉思着。巴特尔连连摇头。

“只会越来越棘手，波洛先生。”

“你对他有什么看法？”

“医生？噢，坦白说，我觉得夏塔纳是对的，他杀过人。他让我想起韦斯塔韦的案子，还有诺福克那个律师。同样热心、殷勤、自信满满，人缘也一样好。他们都是聪明的魔鬼，罗伯茨也不例外。但罗伯茨不一定会杀夏塔纳，其实我不倾向于认为他是这次的凶手。他一定很清楚其中的风险，比外行更清楚——夏塔纳很可能惊醒并叫出声来。不，我看罗伯茨没杀他。”

“但你认为他杀过人？”

“可能还杀过不少人呢，就像韦斯塔韦。可是这很难追查。我查过他的银行账户，没什么可疑之处，没有突然增加的大笔存款。总之，近七年来他没收取过患者的遗赠，这样就排除了直接谋财害命的可能性。他没结过婚，真可惜，医生杀妻算得上最典型的案例。他很有钱，因为他的患者大都是富人，生活优裕。”

“事实上他的人生似乎毫无弱点，也许这就是事实吧。”

“也许吧，但我宁愿做最坏的打算。”他又说，“有些传闻似乎和一个女人有关，是他的一个病人，姓克拉多克。应该值得一查，我马上安排。那个女人在埃及死于当地的传染病，所以应该和罗伯茨没什么关系，但至少可以从侧面看清他的人品和道德标准。”

“这个女人有没有丈夫？”

“有。丈夫死于炭疽热。”

“炭疽热？”

“嗯，市面上有很多廉价的刮胡刀，有些感染了细菌。曾经出过一起很大的丑闻。”

“很利索的方法。”波洛暗示。

“我也这么想。如果她丈夫威胁要捅破他们之间的丑闻的话——但这都只是猜测，毫无证据支撑。”

“朋友，别泄气，我知道你特别耐得住性子。说不定最后你挖出的证据跟蜈蚣的腿一样多。”

“一想到要同时用那么多条腿走路，我就会摔进阴沟里。”巴特尔笑道，然后好奇地问，“你呢，波洛先生？也来凑凑热闹？”

"我大概也会去拜访罗伯茨医生。"

"一天之内我们先后拜访，肯定会吓死他。"

"噢，我会非常小心，绕开他的过去。"

"真想知道你的策略，"巴特尔好奇地说，"可如果你想保密，就别说好了。"

"不，不，没关系。我想找他聊聊桥牌，仅此而已。"

"又是桥牌。波洛先生，你特别热衷于这个话题？"

"我觉得很有用。"

"好吧，大家各有所好。这种新奇的方法不是我的风格。"

"那你的风格是什么，警司？"

见波洛眨了眨眼，警司也连连眨眼。

"老老实实、勤勤恳恳、认认真真的警察，用最吃力不讨好的方式办案，这就是我的风格。不装腔作势，不异想天开，不懈努力，付出汗水，既固执又有点傻，这就是我的态度。"

波洛举起酒杯。"为我们各自擅长的方法干杯，愿我们的共同努力能换来硕果。"

"估计瑞斯上校能查到德斯帕的一些背景，"巴特尔说，"他的情报来源很广。"

"奥利弗太太呢？"

"那就得看运气了。我对那个女人挺有好感的。虽然废话不少，人却不错。男人查不到的东西，让女人去查往往能奏效。或许她也能挖出有价值的信息。”

两人道别后，巴特尔回苏格兰场去安排追查几条线索，波洛则赶赴葛洛切斯特街两百号。

罗伯茨医生一见这位客人，眉毛顿时夸张地扬起来。“一天来两位侦探？那估计今晚我就得戴手铐了。”

波洛笑了笑。“罗伯茨医生，我可以保证，我对你们四位的关注程度是均等的。”

“那倒还值得庆幸。来根烟？”

“不客气，我喜欢抽自己的。”

波洛点了一根俄国香烟。

“那么，我能帮什么忙？”罗伯茨问。

波洛默默抽了一两分钟烟，然后说：“医生，你是否善于观察人性？”

“不知道，应该还行吧，医生的职业本能。”

“我猜也是。我这么想：‘医生始终在研究病人——他们的表情、气色、呼吸的快慢、情绪不稳的征兆；医生几乎是下意识地留意这些，自己都未必察觉得到！罗伯茨医生一定能帮我大忙。’”

“乐意效劳。是什么问题？”

波洛从一个精致小巧的衣袋里抽出三张仔细折好的桥牌计分纸。

“这是那天晚上前三轮的分数，”他解释，“这是第一张，梅瑞迪斯小姐记的。你照着这张纸回忆一下，能不能准确说出每一局的叫牌和牌局进程？”

罗伯茨愕然。“你开玩笑吧，波洛先生，我怎么可能记得住？”

“想不起来？试试吧，都指望你了。比如第一轮，第一局的将牌应该是红心或黑桃，不然某一方肯定要输五十分。”

“我看看——这是第一局。对，我记得将牌是黑桃。”

“下一局呢？”

“某一方输了五十分——但我想不起是什么牌了。说真的，波洛先生，你不能指望我有那么好的记性啊。”

“所有的叫牌和手牌都不记得了？”

“我得过一次大满贯——我记得，而且是加倍的。还有一次输了很多，叫了3无将，结果输惨了。不过那是在后面几轮。”

“那次的搭档是谁？”

“洛里默太太。印象中她当时脸色不太好看，可能是不希望我叫得太高。”

“其他的牌局都没印象了？”

罗伯茨大笑。

“亲爱的波洛先生，你真以为我都记得住吗？首先，当时发生了谋杀案，再精彩的牌局也从脑子里溜走了，而且后来我至少又打过十二轮牌。”

波洛看上去相当气馁。

“对不起。”罗伯茨说。

“也不要紧，”波洛慢吞吞地说，“本来还指望你至少能记得一两局的内容，说不定可以借此回忆起别的事。”

“什么别的事？”

“比如说，你可能注意到搭档把很简单的一手无将牌打得一团糟，或者对手某张明显可打的牌没打出来，让你捡个便宜、白赢了两局，诸如此类。”

罗伯茨医生突然严肃起来。他在椅子里上身前倾。“啊，我看出你的用意了。抱歉，一开始我以为你纯属胡扯来着。你是说谋杀——凶手得手之后打牌时的表现会有明显变化？”

波洛点点头。“你抓住重点了。如果你们四位都熟悉对方的打牌风格，那么这种线索就非常有价值。某人的表现突然改变，技巧全无，错失机会——牌友一定会即刻发觉。不巧，你们彼此都很陌生，牌路的变化就不那么显著了。不过医生，请你好好想想，记不记得有什么异常情况？有人突然出现莫名其妙的失误吗？”

罗伯茨医生沉默了一会儿，还是摇摇头。“没用，我爱莫能助，”他坦言，“实在想不起来。我能说的上次都说了。洛里默太太的牌技一流。我没发现她有什么失误，从头到尾都发挥完美。德斯帕也打得很不错，风格很稳健，叫牌恪守常规，从不超越常理冒大风险。梅瑞迪斯小姐——”他犹豫了。

“嗯？梅瑞迪斯小姐怎样？”波洛催促。

“我记得她有过一两次失误，在那天晚上的最后几局。不过也许是因为她累了，经验也不足。她的手还发抖——”他停住了。

“她的手什么时候发抖？”

“什么时候？我忘了，我想她只是紧张而已。波洛先生，你害得我开始胡乱猜测了。”

“真对不起。还有一件事要麻烦你。”

“是什么？”

波洛慢吞吞地说：“很难表达。是这样，我不想问你倾向性过于明显的问题。如果我问你是否注意到这个那个——唔，就等于给了你先入为主的印象，你的答案就没那么有价值了。换一种方式吧。罗伯茨医生，请你描述一下打牌那个房间的装饰和摆设。”

罗伯茨医生一脸震惊。

“那个房间里的东西？”

“麻烦你了。”

“朋友，我都不知道要从何说起。”

“随便开个头吧。”

“啊，有很多家具——”

“不，不，不，具体一点，拜托了。”

罗伯茨医生叹了口气，拿出拍卖会主持人的滑稽口吻。

“一张盖着象牙色锦缎的长沙发，一张盖着绿锦缎的同款沙发。四五张大椅子。八九张波斯地毯。一套十二张镀金小皇帝椅。威廉和玛丽牌的橱柜。我简直成了拍卖行的职员。非常美的中国橱柜。大钢琴。还有其他家具，但我没特别留意。六张水准一流的日本版画。两幅镶在镜框里的中国画。五六个非常漂亮的鼻烟壶。几个日本象牙坠子单独放在一张桌子上。几件旧银器——估计是查理一世时代的杯子。一两件巴特尔西亚珐琅器——”

“精彩，精彩！”波洛连声喝彩。

“一对英国的古董陶土小鸟，好像还有一座拉尔夫·伍德的雕像。几件东方的宝贝——精美的银器，一些珠宝首饰，这方面我不太了解。记得还有几只切尔西小鸟。噢，还有几个装在盒子里的微缩模型，特别精致。不只这些，但其他的我想不起来了。”

“太棒了，”波洛赞不绝口，“你的观察力真不一般。”

医生好奇地问：“其中有你惦记的东西吗？”

“最有趣之处就在这里，”波洛说，“你如果提到我惦记的东西，那我会吓一大跳。不出所料，你没提到。”

“为什么？”

波洛眨眨眼。“也许，也许因为那个东西本来就不在那儿。”

罗伯茨两眼发直。“这让我产生了一些联想。”

“想到了歇洛克·福尔摩斯？那桩和夜间犬吠有关的奇案吧。夜里狗没有叫，这就是疑点！啊，怎么说呢，我一向不屑于抄袭别人的手法。”

“知道吗，波洛先生，你弄得我一头雾水。”

“那太好了。不瞒你说，我的小把戏就得这样才能出效果。”

罗伯茨医生依旧茫然，波洛却笑着起身。“至少记住这点：你刚才说的这些对我拜访下一个人很有帮助。”

医生也站起来。“我看不出帮了什么，但我相信你。”

他们握了手。

波洛走下医生家的台阶，拦了一辆过路的出租车。

“切尔西，奇尼小区一百一十一号。”他对司机说。

第十一章 洛里默太太

奇尼小区一百一十一号是一座整洁素雅的小房子，坐落在一条安静的小街上；漆黑的门，雪白的台阶，黄铜门环和门把在午后的阳光下闪闪发光。

一位头戴洁白小帽、身穿围裙的中年客厅女仆来开门。波洛询问后，她回答说女主人在家，并领他走上逼仄的楼梯。

“请问先生怎么称呼？”

“赫尔克里·波洛先生。”

他被带进一间普通的“L”形客厅。波洛环顾四周，留心细节。家具质地精良，擦得锃亮，是传统家居风格。椅子和长沙发上套着亮丽的印花布罩。还有几个老式的银相框。客厅十分宽敞，光线充足，高高的陶罐里种着美丽的菊花。

洛里默太太前来招呼他，和他握了手，并未流露出惊讶的神色，请他坐下，自己也坐进一张椅子里，开始就今天的天气寒暄起来。

片刻的冷场。

“夫人，冒昧打扰，请你多包涵。”赫尔克里·波洛说。

洛里默太太直直地盯着他，问道：“是为了公事吗？”

“的确如此。”

“波洛先生，虽然我理应向巴特尔警司和警方提供我了解的所有情况，尽力协助他们，但我没有义务配合私人侦探的调查，这你可以理解吧？”

“我完全理解，夫人。如果你下逐客令，我二话不说就走。”

洛里默太太浅浅地笑了笑。

“但我不会走极端，波洛先生。我可以给你十分钟。十分钟后我得去打桥牌。”

“十分钟足够了。夫人，我想请你描述一下那天晚上打牌的房间，也就是夏塔纳先生遇害的那个房间。”

洛里默太太眉毛一扬。

“这么特别的问题！我看不出有什么意义。”

“夫人，你打牌的时候，如果有人问你‘为什么打A’或者‘为什么出J结果输给Q，却不出K来赢这一局’，答案一定是长篇大论，对不对？”

洛里默太太微微一笑。

“你的意思是，查案这方面你是专家，我是生手。很好。”她沉思片刻，“房间很大，东西很多。”

“能不能具体描述一些？”

“有一些玻璃花——现代的，很漂亮。好像有几张中国画还是日本画来着。一大盆红色的小郁金香——居然这么早就开了。”

“还有吗？”

“恐怕我观察得不那么细。”

“家具呢？你记不记得地毯、窗帘的颜色？”

“有些是丝绸的。我只记到这个程度。”

“有没有注意到什么小东西？”

“恐怕没有。东西太多了。简直像收藏家的房间，看不过来。”

又冷场了一阵。洛里默太太微笑道：“估计我没帮上什么忙。”

“还有一件事。”他拿出桥牌计分纸，“这是前三轮的分数。不知靠着这些计分纸，你能否回忆起那天的牌局进程？”

“我看看。”洛里默太太顿时来了兴致，低头研究计分纸。

“这是第一轮。梅瑞迪斯小姐和我搭档对战两位男士。第一局打 4 黑桃，我们赢了，还是加倍的。下一局只叫到 2 方块，罗伯茨医生输了一墩。我记得第三局争夺很激烈，梅瑞迪斯小姐放弃，德斯帕少校叫 1 红心，我放弃；罗伯茨医生突然叫到 3 草花，梅瑞迪斯小姐叫 3 黑桃，德斯帕少校叫 4 方块，我加倍；然后罗伯茨医生叫 4 红心，他们又输一墩。”

“了不起，”波洛惊叹，“神奇的记忆力！”

洛里默太太没理他，继续回忆。“下一局德斯帕少校放弃，我叫了1无将，罗伯茨医生叫3红心，我的搭档没说话。德斯帕帮搭档叫到4，我加倍，他们输了两墩。后来我发牌，我们叫了黑桃4。”

她拿起下一张计分纸。

“这张比较难辨认，”波洛说，“德斯帕少校边写边划掉前面的。”

“没记错的话，开局双方各输五十分——后来罗伯茨医生叫5方块，我们加倍，结果他输了三墩。接着我们叫3草花，但对方马上就打赢了黑桃。下一局我们叫5草花，输了一百分。对方叫1红心，我们叫2无将。最后我们叫4草花，取得胜利。”

她又拿起第三张计分纸。

“这一轮争夺非常激烈。开局比较乏味，德斯帕少校和梅瑞迪斯小姐叫1红心，然后我们试了4红心、4黑桃，两次都输了五十分。接着对方打成了黑桃，简直势不可挡。接着我们又连输三局，不过没加倍。随后，我们叫无将赢了一次，决战开始了。双方轮流丢分。罗伯茨医生叫得过高，不过他虽然吃了一两次大亏，却换来不少回报，不止一次吓得梅瑞迪斯小姐不敢叫牌。后来他起手叫2黑桃，我叫了3方块，他叫4无将，我叫5黑桃，他突然跳到 7 方块。我们当然加倍了。他这种叫法实在不合理，但奇迹出现，我们居然打成了。他摊牌之前我真想不到我们会赢。如果对方出红心，我们会输三墩。结果他们出的是草花 K，我们才打成了，好激动。”

“我相信——大满贯加倍，非常刺激，真的！我承认，我可没胆量做满贯牌。只要能打成手头这一次定约我就知足了。”

“噢，这可不行，”洛里默太太精神抖擞，“要认认真真地打。”

“你是说要冒险？”

“只要牌叫对了，根本没有风险。这是可以计算出来的。很遗憾，擅长叫牌的人不多。他们只知道开头怎么叫，后来就迷失了方向，分不清可以得分的进攻牌和不容易失分的防守牌——不过我不该给你上桥牌课，波洛先生。”

“这肯定有助于提高我的牌技，夫人。”

洛里默太太又拿起计分纸细看。

“热闹过后，接下来几局就很平淡了。有第四轮的计分纸吗？啊，有。势均力敌，双方都没怎么得分。”

“持续一整晚的牌局大致如此。”

“没错，开局平淡，然后才短兵相接。”

波洛收起计分纸，微鞠一躬。“夫人，恭喜你。你对牌局的记忆堪称完美，完美无缺！可以说你几乎记得打过的每一张牌！”

“应该是吧。”

“好记性是了不起的天赋。在记忆面前，往事从来不会流逝。夫人，过去的一切常在你心头浮现，就和昨天刚发生过一样清晰，是吗？”

她迅速瞥了他一眼，漆黑的双眸霎时睁大了。那表情转瞬即逝，旋即她又恢复了饱经世事的老样子。但赫尔克里·波洛相信，他刚才这次出击正中要害。

洛里默太太站起身。“我恐怕得出门了，不好意思，真的不能迟到。”

“那当然，那当然。很抱歉占用你这么长时间。”

“可惜没帮上什么忙。”

“哪里，你帮了大忙。”赫尔克里·波洛说。

“不见得吧。”她断然答道。

“是真的。你说出了我想知道的事情。”

她没问具体是什么事。

波洛伸出手。“夫人，谢谢你的雅量。”

她边握手边说：“波洛先生，你很特别。”

“夫人，上帝怎么创造我，我就是什么样。”

“我想大家都不例外。”

“不一定，夫人。有些人就想改变上帝给他的样子，比如夏塔纳先生。”

“你指哪一方面？”

“他对于奢侈品和古董颇有鉴赏力，本该心满意足才对，但他还收集其他东西。”

“哪一类东西？”

“噢，怎么说呢——耸人听闻的事件？”

“这也是个性使然吧？”

波洛严肃地摇着头。“他扮演魔鬼扮得太成功了，但他不是魔鬼，其实他很傻，结果送了命。”

“因为傻，所以被杀？”

“夫人，这是一种永远不会获得宽恕、永远应该接受惩罚的罪孽。”

两人都沉默了。然后波洛说：“告辞了。夫人，谢谢你的款待。除非你邀请，否则我不会再来了。”

她的眉毛一挑。“天哪，波洛先生，我为什么要请你来呢？”

“很难说。只是我的一个念头而已。记住，只要你邀请，我就来。”

他再次鞠躬，离开洛里默太太家。

在街上，波洛自言自语：“我猜对了，肯定没错，必然如此！”

第十二章　安妮·梅瑞迪斯

奥利弗太太费了不少工夫才跨出双人小车的驾驶座。首先，新式汽车的制造商宣称方向盘下只能容纳窈窕少女的膝盖，而且这年头流行坐得低一点。因此，体形庞大的中年妇女要跨出驾驶座，就不得不挣扎半天。其次，驾驶座旁边的座位上堆着几张地图、一个手提袋、三本小说和一大袋苹果。奥利弗太太爱吃苹果，据说她构思《排水管命案》错综复杂的情节时，曾一口气猛吃了五磅苹果，结果在一阵心悸和胃痛中猛然醒悟，原本应该赶去参加一个为她颁奖的重要午餐会，结果已经迟了一小时十分钟。

奥利弗太太毅然抬起膝盖，使劲顶开顽固的车门，猛地踏上温顿别墅外的人行道。结果苹果核撒了一地。

她长叹一声，将乡村帽向后推成不那么时髦的角度，满意地看看身上的呢套裙，却发现一时疏忽没换掉那双伦敦高跟漆皮鞋，不禁皱起眉头。她推开温顿别墅的大门，沿着石板小路走到前门，按响门铃，开心地扣了扣样式古雅、形似蛤蟆头的门环。

没动静，她重复一遍。

奥利弗太太又等了一分半钟，快步绕到屋侧开始探险。

一个古典式的小花园，别墅后面种了紫菀和零星菊花，再远处是一片田野，田野另一端有条小河流过。现在是十月，今天的阳光算是相当暖和了。

两个女孩穿过田野向别墅走来。刚进花园大门，走在前面的那一位忽然停住脚步。

奥利弗太太迎上前去。“你好，梅瑞迪斯小姐，还认得我吗？”

“噢，噢，当然。”安妮·梅瑞迪斯匆忙伸出手，她双眼圆睁，似乎受了惊吓，随后才稳住心神。

“这是跟我同住的朋友达维斯小姐。露达，这位是奥利弗太太。”

另一位姑娘身材高挑，肤色稍深，很有活力。她激动地说：“噢，你就是那位奥利弗太太？阿里阿德涅·奥利弗太太？”

“我就是。”奥利弗太太答道，随即转向安妮，“亲爱的，我们找个地方坐坐，我有很多话要跟你说。”

“当然。我们正要喝茶——”

“不急着喝茶。”奥利弗太太说。

安妮带她穿过几张相当破旧的帆布椅和柳条椅，奥利弗太太留心选了看上去最结实的一张。之前她和脆弱的夏季家具打交道时，曾有过不少尴尬的经历。

“啊，亲爱的，”她轻快地说，“我们就打开天窗说亮话吧。关于那天晚上的谋杀案，我们得有所行动。”

“行动？”安妮问道。

“当然，”奥利弗太太说，“我不清楚你的想法，但我认准了凶手。医生——他姓什么来着？罗伯茨。就是他！罗伯茨。威尔士人的姓！我从不信任威尔士人！本来我有个威尔士的护士，有一天，她陪我去哈罗盖特，结果自己跑回家，完全忘了我。真是非常不可靠。不过我们先别管她。凶手是罗伯茨，这才是关键，我们得齐心协力，揪出他的罪证。”

露达·达维斯突然笑出声来，随即满脸通红。

“不好意思。可是你，你跟我想象中的完全不一样。”

“估计让你失望了。”奥利弗太太平静地答道，“没关系，我习惯了。我们得证明罗伯茨是凶手！”

“怎么证明？”安妮问。

“噢，安妮，别泄气，”露达·达维斯喊道，“奥利弗太太非常了不起，她当然了解这些事，肯定会有斯文·耶尔森那样的表现。”

听人提起她笔下的芬兰名侦探，奥利弗太太微微脸红。“我们必须这么做，孩子，我来告诉你为什么。你总不希望大家以为你是凶手吧？”

“凭什么以为是我？”安妮脸色骤变。

“人性本来如此！”奥利弗太太说，“三个无辜的人背负的嫌疑，和真正的凶手一样多。”

安妮·梅瑞迪斯小姐缓缓答道：“我还是不明白你为什么来找我，奥利弗太太？”

“因为我觉得另外两人不重要！洛里默太太是那种成天泡在桥牌俱乐部打牌的女人，肯定全副武装，自己完全能照顾自己。何况她也老了，就算有人觉得她是凶手，也无所谓。年轻女孩就不同了，生活才刚刚开始。”

“那德斯帕少校呢？”安妮又问。

“呸！”奥利弗太太说，“他是个男人！我从来不担心男人。男人可以靠自己活得称心如意。再说，德斯帕少校喜欢冒险生活。与其缩在家里，他更愿意去伊洛瓦底江[1]——还是林波波河[2]来着？你懂我的意思吧，反正就是那条非洲的河，男人特别喜欢去探险的地方。不，我才不为那两人伤脑筋。”

“你真好心。”安妮慢吞吞地说。

“这件事太过分了，”露达说，“安妮快崩溃了，奥利弗太太。她特别敏感。我想你说得对，与其干坐着胡思乱想，不如行动起来。”

“那当然，”奥利弗太太说，“不瞒你们说，以前我也没遇到过真正的谋杀案。再说句实话，我不相信真正的谋杀调查能对我的胃口，我更习惯抄近道——明白我的意思

①伊洛瓦底江，缅甸河流，注入孟加拉湾。
②林波波河，南非河流，注入印度洋。

吧。但我不愿让那三个大男人霸占查案的乐趣。我常说如果苏格兰场的领导是女人——”

“哦？”露达上身前倾，张大了嘴，“如果由你率领苏格兰场，会怎么做？”

“我会立即逮捕罗伯茨医生——”

“啊？”

“但苏格兰场毕竟不归我管，”奥利弗太太及时从危险的立场上撤回来，“我只是一介平民——”

“哦，你太谦虚了。”露达笨拙地恭维道。

“那好，”奥利弗太太又说，“我们三个平民百姓——都是女人。我们集思广益，看看有什么好办法。”

安妮·梅瑞迪斯若有所思地点点头，然后说：“你为什么认为凶手是罗伯茨医生？”

“他就是那种人嘛。”奥利弗太太立即答道。

“但你难道不认为，”安妮迟疑着，“医生——我是说，医生用毒药之类的东西不是方便得多吗？”

“根本不是。毒药，或者任何一种药物，都会直接将嫌疑引到医生身上。他们总是将装满危险药品的箱子留在汽车里，结果被别人偷走了。不，正因为他是医生，所以他会特意避开下药的手法。”

“这样啊。”安妮半信半疑，随即又说，“可他为什么要杀夏塔纳先生？你有什么想法吗？”

“想法？我的想法多得很。其实这就是困难所在，我最大的麻烦就是这一点。我永远不可能一次性敲定一套情节，总要至少拿出五套方案，然后面临艰难的取舍。我可以想出六种完美的谋杀动机，问题是我不知道哪一个才是正确答案。首先，也许夏塔纳先生放高利贷——他看上去就狡猾得很。罗伯茨被他套牢了，拿不出钱还债，就动了杀机。也可能夏塔纳坑害过他的女儿或者妹妹。也许罗伯茨重婚，被夏塔纳发现了。也许罗伯茨娶了夏塔纳的表亲，想通过这层关系继承夏塔纳的财产。唔，我列举了几个动机？”

“四个。”露达答道。

“噢，接下来这个动机非常精彩：没准儿夏塔纳掌握了罗伯茨过去的某个秘密。亲爱的，你可能没注意，晚餐时有一次奇怪的冷场，然后夏塔纳说了些古怪的话。”

安妮俯身弹开一条小虫。“我想不起来了。”

“他说了什么？”露达问道。

“关于，什么来着，意外和毒药什么的。你忘了？”

安妮的左手按住椅子上的编花藤条。

“印象中是有这种话。”她镇定地说。

露达突然说：“宝贝，你该披件大衣。记住，现在不是夏天。去拿一件吧。”

安妮摇摇头。“我挺暖和的。”

但她说话的时候却微微哆嗦。

“明白我的思路了吧，”奥利弗太太继续说，“我敢说医生的某个病人意外服了毒药，但实际上肯定是医生的阴谋。我敢说他用这个办法谋害了很多人。”

安妮的脸颊突然恢复了血色。她说：“医生经常想大批毒死自己的病人吗？这难道不会影响他们的业务？”

“当然是有原因的。”奥利弗太太含糊其词。

“我觉得有点荒唐，”安妮朗声答道，“太戏剧化了。”

“噢，安妮！”露达惊呼一声，语带歉意。她望着奥利弗太太，那眼神就像一头聪明的小猎犬，似乎在说：“请体谅一下，体谅一下。”

“非常厉害的想法，奥利弗太太，”露达热心地回应，“医生总能弄到一些难以追查的东西，不是吗？”

“噢！”安妮忽然惊叫了一声。

另两人都转身看她。

“我想起了另一件事，”她说，“夏塔纳先生说医生有机会在实验室里动手脚。他这话肯定别有深意。”

“说这话的不是夏塔纳先生，”奥利弗太太摇了摇头，“是德斯帕少校。”

花园的小径上传来脚步声，她回头望去。

“哎呀，”她喊道，“说来就来了！”

德斯帕少校正绕过屋角朝这边走来。

第十三章　第二位访客

一见到奥利弗太太，德斯帕少校脚步略微迟疑。他那晒得黝黑的脸顿时涨成了砖红色，尴尬得全身都有些颤抖。他走向安妮。“对不起，梅瑞迪斯小姐。我按了很多次门铃。其实没什么事，只是正好路过，顺便来看看你。”

“不好意思，没听见铃声。”安妮说，“我们这里没有女仆，只有一个女人早上来做钟点工。”

她将客人介绍给露达。露达高兴地说：“来喝茶吧。外面有点冷，我们进屋去。”

大家来到屋子里，露达去了厨房。奥利弗太太说：“真巧啊，大家在这儿相聚了。”

德斯帕缓缓答道：“是啊。”

他若有所思地盯着她，揣摩着她的意图。

“我正跟梅瑞迪斯小姐说，”奥利弗太太显然自得其乐，“我们该制订一个行动计划——我是说针对谋杀。凶手肯定是医生。你看呢？”

“不好说。线索太少。”

奥利弗太太摆出一副“男人就是这样”的表情。

奥利弗太太立刻察觉到在场三人之间的气氛很别扭。露达端茶来时，她起身说要赶回城里。不，她们太客气了，但她就不留下喝茶了。

“我给你们留张名片，”她说，“上面有我的地址。你们进城时来找我，我们好好讨论一下，不信找不出一查到底的好办法。”

“我送你到大门口。”露达说。

她们正沿着小径朝大门走，安妮·梅瑞迪斯跑出来赶上她们。“我考虑过了。”她苍白的神色中透着坚定。

“怎么了，亲爱的？”

“谢谢你这么关心我，奥利弗太太，但我不想采取任何行动。我的意思是——那一切太可怕了，我只想赶紧忘掉。”

“孩子，问题是你能忘得掉吗？”

“噢，我知道警察不会罢休，他们很可能还会来问我一堆问题，我有心理准备。但就我个人而言，我不愿再考虑那件事，也不想听别人提起那件事。我很懦弱，但这就是我的想法。”

“安妮！”露达·达维斯喊道。

“我理解你的心情，但这未必是最明智的对策，”奥利弗太太说，“那些警察说不定永远查不出真相。”

安妮·梅瑞迪斯耸耸肩。“那又有什么关系？”

“关系？”露达惊呼，“当然有关系，而且事关重大，不是吗，奥利弗太太？”

“那当然。”奥利弗太太不动声色地回答。

“我不这么看，”安妮断然地说，“我认识的所有人都不会怀疑是我干的，我看不出有什么必要多管闲事。追查真相是警察的工作。”

“你太消极了，安妮。”

“反正这是我的想法。”安妮伸出手，“非常感谢你，奥利弗太太。给你添了不少麻烦。”

“既然你心意已定，我也没什么好说的了。”奥利弗太太欣然答道，“反正我不会任自己脚下长草。再见，亲爱的。如果你改变主意，就来伦敦找我。”

她钻进车里，发动引擎，高兴地朝两位姑娘挥手。

汽车正缓缓发动，露达突然冲到车窗旁。

“你说——去伦敦找你，”她上气不接下气，“是只有安妮，还是我也可以去？”

奥利弗太太踩了刹车。

“当然是指你们俩。”

“噢，太感谢了。别停车。我，也许改天我会去。有点事。不，别停车，我可以跳开。”

她往路旁一跳，边挥手边跑回大门口，安妮还站在那里。

“究竟怎么——”安妮说。

“她不是很可爱吗？”露达欣喜地说，“我喜欢她。她穿的袜子不成对，你发现了没？她写了那么多书，一定聪明得可怕。万一警察和其他人都失败了，而她却查出真相，那多有趣啊。”

“她为什么来我们这儿？”安妮问道。

露达瞪大双眼：“亲爱的，她都说了——”

安妮不耐烦地摆摆手。

“该进去了。我差点忘了，居然把他一个人撇在屋里。”

“德斯帕少校？安妮，他太帅了，不是吗？”

“算是吧。”

她们一起沿小路往回走。

德斯帕少校捧着茶杯站在壁炉旁边。没等安妮道完歉，他就打断了她。“梅瑞迪斯小姐，我要解释一下冒昧来访的原因。”

“噢，但是——”

“我刚才说正好路过，其实不完全对。我是特意来的。”

“你怎么知道我的地址？”安妮慢吞吞地问。

“找巴特尔警司打听的。”

他发觉安妮一听这名字就瑟缩了一下。他飞快地往下说：“巴特尔正在来这里的路上。我恰好在帕丁顿看见他。我开车赶来，肯定比火车快。”

“这是为什么？”

德斯帕迟疑了片刻。“恕我冒昧，我觉得你似乎……举目无亲。”

“她有我啊。”露达说。

德斯帕匆忙瞥了她一眼，对这位倚在壁炉旁专心听他们讲话、眉目间略带英气的女孩颇有好感。她们俩真是讨人喜欢。

“我相信你是她最忠诚的朋友，达维斯小姐，”他彬彬有礼地说，“但我以为，在特定场合，由见多识广的人提些建议，也未尝不可。坦白说，现在的情况是：梅瑞迪斯小姐涉嫌谋杀，我和当时在房间里的另外两人也一样。情况有点不妙，困难和危险并存。梅瑞迪斯小姐，你还年轻，涉世未深，也许还没意识到。我建议你请一位好律师。说不定你已经请了？”

安妮·梅瑞迪斯摇摇头。“从来没想过。”

“果然。你有合适的人选吗——伦敦的律师？”

安妮又摇摇头。“我以前从不需要律师。”

“我知道有一位布瑞先生，”露达说，“不过他差不多已经一百〇二岁，老糊涂了。”

“如果你不介意的话，梅瑞迪斯小姐，请允许我推荐我的律师米尔尼先生。那家律师事务所的名字是雅各布斯，皮尔和雅各布斯。他们值得信赖，业务水平非常出色。”

安妮脸色更苍白了。她坐了下来。

“真有必要吗？”她低声问。

“请务必重视。法律上有太多陷阱。”

“会不会很贵啊？”

“这倒无所谓。”露达说，“这样安排最好，德斯帕先生。你的建议很对，安妮应当寻求保护。”

“他们的收费应该会很合理。”德斯帕认真地说，“梅瑞迪斯小姐，我真的认为这是明智之举。”

“好吧，”安妮缓缓答道，“既然你们都这么建议，我就照办吧。”

“很好。”

露达感激地说：“你实在太好了，德斯帕少校，真的太好了。”

安妮也说：“谢谢你。”

她又犹疑了片刻，问：“你说巴特尔警司正在来这里的路上？”

“对，你别紧张。这是难免的。”

“噢，我明白。其实我一直在等他来。”

露达冲动地说：“可怜的宝贝，这件事差点害死她。太不公平了，真恶心。”

德斯帕说：“我也有同感——居然让年轻女孩卷进这种事，太残忍了。如果有人想用刀捅死夏塔纳，也该另选时间和地点。”

露达直接问道："你认为是谁干的？罗伯茨医生还是洛里默太太？"

德斯帕微露笑容，胡须轻颤。

"说不定凶手就是我。"

"噢，不，"露达喊道，"安妮和我都相信你不是凶手。"

他亲切地打量着她们。

两个好孩子，特别容易信任别人，让人感动。姓梅瑞迪斯的女孩怯生生的。没事，米尔尼律师会帮她。另一个则是一名战士，不知道如果她处在她好友的境地，会不会也轻易崩溃。迷人的姑娘们——他想多了解她们一些。

千思万绪掠过他的脑海。他大声说："任何事都不能想当然，达维斯小姐。我不像大多数人那样重视生命的价值，例如为死于交通事故的人大惊小怪之类的。人无时无刻不处于危险之中——交通事故、细菌侵袭，各种各样的危险，哪种死法都差不多。依我看，从你开始处处小心、处处追求'安全第一'的时候，就等于已经死了。"

"完全同意！"露达喊道，"人生就该冒险——如果有机会的话。但总体而言，生活实在太平淡了。"

"也有精彩时刻。"

"对你而言没错。你去偏远的地方，被老虎抓伤，开枪猎捕野兽，沙蚤钻进你的脚趾缝，饱受蚊虫叮咬，一切都很不舒服，却又那么刺激。"

“唔，梅瑞迪斯小姐也有刺激的体验嘛。谋杀发生时刚好在场的机会，其实也不多——”

“噢，别说了。”安妮嚷道。

德斯帕立刻道歉：“对不起。”

但露达却叹道：“谋杀固然可怕，但也很激动人心！我想安妮没体会到这一面。奥利弗太太那天晚上也在场，估计她兴奋极了。”

“什么太太——噢，你们那位胖胖的朋友，她写的书里那位芬兰侦探的发音总是不标准。莫非她想参加真实的案件调查？”

“没错。”

“唔，那就祝她好运。如果她能胜过巴特尔一筹，就有意思了。”

“巴特尔警司是什么样子？”露达好奇地问。

德斯帕少校正色答道：“他非常敏锐，能力很强。”

“哦！”露达说，“安妮说他看上去傻傻的。”

“我想那是巴特尔惯用的障眼法。但我们决不能犯错，巴特尔可不傻。”

他站起身：“唔，我得走了。还有句话要说。”

安妮也站起来。

“什么？”她边伸出手边问。

德斯帕稍一踌躇，牵起她的手，握在手心里，直视那双美丽的灰色大眼睛，字斟句酌地说：“别生我的气，我只是想说，你和夏塔纳可能有些交情，但你不愿意说出来。如果是这样，请别生气，”他觉得她下意识地想抽回手，“除非律师在场，否则你有权利拒绝回答巴特尔的任何问题。”

安妮抽回手，瞪大了眼睛，灰色的眼眸被怒火烧得更深了。

“没有，根本就没有，我和那个残忍的人一点都不熟。”

“对不起，”德斯帕少校说，“我只是觉得应该提醒你一下。”

“是真的，”露达说，“安妮和夏塔纳先生没什么来往。她不喜欢他，但他办的宴会确实不错。”

德斯帕少校笑了：“夏塔纳先生似乎只有这么点存在价值。”

安妮冷冷地说：“巴特尔警司想问什么都可以。我没有事情要隐瞒，没有。”

德斯帕温柔地道歉：“请原谅我。”

她望着他，怒气渐消，又甜甜一笑：“没关系，我知道你是好意。”

她又伸出手。德斯帕握了握她的手。“我们是一条船上的人，应该同舟共济。”

安妮送他到大门口。她回来时，露达正望着窗外吹口哨，听到好友进屋才回过头。

“他好帅啊，安妮。”

“他很亲切，不是吗？”

“何止亲切，我简直迷上他了。那次该死的晚宴，为什么是你去了，而不是我呢？我一定会很享受那种刺激——身边的天罗地网，绞架的阴影——”

“不，不会的。你在说胡话，露达。”安妮的声音很尖锐，然后又软下来，“难为他大老远跑这一趟，就为一个陌生人，只见过一次的女孩。”

“噢，他爱上你了，很明显。男人不会无谓地施舍善意。如果你两眼斜视、满脸疙瘩，他才不会千里迢迢跑来呢。”

“你认为他不会？”

“肯定不会，小呆瓜。奥利弗太太比他无私多了。”

“我不喜欢她，”安妮断然答道，“我感觉怪怪的，她来这里的真实目的究竟是什么？”

“同性之间互相猜忌很正常。我敢说德斯帕少校跑来才是有私心呢。”

“绝对没有。”安妮连忙反驳。

露达·达维斯大笑起来，安妮不禁羞红了脸。

第十四章　第三位访客

巴特尔警司六点左右抵达沃林福德。他想先在附近探听些无伤大雅的小道消息，再去见安妮·梅瑞迪斯小姐。

收集这类信息并不难。警司未置一词，却成功地让人们对他的身份和职业有了各种猜测。

至少有两个人信心十足地说他是来自伦敦的建筑师，为了那座别墅新建辅楼的工程赶来实地勘察；另一个人又说他是“一个周末度假的人，想租带家具的别墅”，还有两个人则一口咬定他是一家硬地网球公司的代表。警司则收获了大量情报。

温顿别墅？对，没错——在马伯里路，不可能找不到。对，住着两位年轻小姐：达维斯小姐和梅瑞迪斯小姐，人好，漂亮，安静又讨喜。

住了好几年？噢，不，没那么久，才两年多。她们是九月搬来的，向皮克斯吉尔先生买的房子。他太太去世后那座别墅基本就闲置了。

巴特尔警司的消息来源从没听说过她们来自诺森伯兰

郡，还以为她们是伦敦人。她们在附近人缘不错，尽管一些思想保守的人认为两个年轻女孩不该自己搬出来住。但她们很文静，从不在周末乱开什么鸡尾酒会。露达小姐性格爽朗，梅瑞迪斯小姐则比较内向。嗯，付钱的是达维斯小姐，她比较有钱。

一番打听之后，警司终于找到定时去温顿别墅为小姐们打理家务的艾斯维尔太太。艾斯维尔太太的嘴一直闲不住。

“噢，不，先生，我看她们不会卖房子。没这么快。她们刚搬进去两年。我从一开始就替她们干活。是的，先生。我的工作时间是八点到十二点。两位小姐亲切又活泼，经常开开玩笑什么的，一点都不傲慢。

“当然啦，先生，我可不敢说她一定是你认识的达维斯小姐——没准是她的亲戚呢。我猜她家在德文郡。她经常收到家人寄来的奶油，说是一看见就想家，所以肯定没错。

“你说得对，先生，现在很多年轻小姐得自己找工作赚钱，真可悲。这两位小姐不算富裕，但过得挺舒服。当然啦，达维斯小姐有钱。安妮小姐其实算是她的女伴。别墅的主人是达维斯小姐。

“我不太确定安妮小姐是哪里人。我听她提起过怀特岛，还知道她不喜欢英格兰北部，而且她和露达小姐曾一起在德文郡待过，因为我听她们拿那里的丘陵开玩笑，也谈到过美丽的海湾和沙滩。”

她一打开话匣子就收不住。巴特尔警司不时在心里记下一些重点，然后又在小本子里写了一两个含义不明的词。

晚上八点半，他走上温顿别墅门前的小径。一位肤色较深、穿橘红色花布外套的高个女孩来开门。

“梅瑞迪斯小姐住在这儿吗？”巴特尔警司问道。他的外形显得十分木讷，有几分军人风采。

“是的。”

“我想跟她谈谈，我是巴特尔警司。”

对方立即严厉地瞪他一眼。

“请进。”露达·达维斯退后一步说。

安妮·梅瑞迪斯坐在壁炉旁一张舒适的椅子里啜着咖啡，身披绣花绉纱睡袍。

露达请客人进屋，说：“巴特尔警司来了。”

安妮起身和警司握手。

“现在来打扰有点晚了，”巴特尔说，“但我想见见你，而且今天天气不错。”

安妮笑了笑。“喝咖啡吗，警司？露达，再拿个杯子。”

“噢，谢谢了，梅瑞迪斯小姐。”

“我们泡的咖啡很棒。”安妮说。

她指了指一张椅子，巴特尔警司坐下来。露达拿来杯子，安妮为他倒咖啡。噼啪作响的炉火，花瓶里的鲜花，给警司留下了不错的第一印象。这里充满温馨的家庭气氛。安妮似乎相当沉着惬意，倒是另一个女孩一直饶有兴致地注视着他。

“我们等你好久了。”安妮说。

她似乎语带责难之意，像是在说：“你为什么忽略我？”

“对不起，梅瑞迪斯小姐，有很多例行公事要办。”

“结果满意吗？”

“不太理想，但必须要做。我把罗伯茨医师查了个底朝天，洛里默太太也是。现在轮到调查你了，梅瑞迪斯小姐。”

安妮笑道：“我准备好了。”

“德斯帕少校呢？”露达问。

“噢，保证不会漏掉他。”巴特尔说。

他放下咖啡杯，望着安妮。

她在椅子上稍稍坐直了一点。“我做好准备了，警司。你想了解什么？”

“唔，先大致介绍你的基本情况，梅瑞迪斯小姐。”

“我人品端正。”安妮笑着说。

“而且她一向循规蹈矩，”露达说，“这一点我可以担保。”

“啊，那就好。”巴特尔警司欣然答道，“那么你和梅瑞迪斯小姐认识很久了？”

"我们是同学，"露达说，"感觉像过了很久很久，对不对，安妮？"

"估计久得几乎想不起来了。"巴特尔笑道，"是这样，梅瑞迪斯小姐，我们恐怕得像申请护照一样，一项一项来。"

"我出生在——"安妮开口。

"父母贫穷，却是老实人。"

巴特尔警司举手阻止露达，略显不悦："好了，好了，小姐。"

"亲爱的露达，"安妮正色说，"这是正经事。"

"对不起。"露达说。

"梅瑞迪斯小姐，你出生在——什么地方？"

"印度的魁塔。"

"啊，你出身于军人家庭？"

"嗯，我父亲是约翰·梅瑞迪斯少校。我十一岁那年母亲去世了。十五岁那年，父亲退休，搬到切尔滕纳姆定居。我十八岁时他去世了，没留下什么遗产。"

巴特尔同情地点点头。

"对你是很沉重的打击啊。"

"非常沉重。本来我们就不富裕，可发现居然一分钱都没剩下——哎，那又是另一回事了。"

"梅瑞迪斯小姐，你的生活来源是？"

"我不得不去找工作。我没读过多少书，头脑也不灵光。我不会打字、速记之类的。一位切尔滕纳姆的朋友介绍我去她的朋友家做事——假期照看两个小男孩，平时帮忙做点家务。”

“请问他们姓什么？”

“埃尔顿太太，住在文特诺的‘落叶松’庄园。我在那里待了两年，后来埃尔顿一家出国了，我又转到一位迪尔林太太家。”

“她是我姑妈。”露达插话。

“对，露达帮我找了那份工作。我很高兴。露达常常来，有时还住下来，我们很开心。”

“你在那边是什么身份，陪伴人？”

“嗯，差不多。”

“其实更像个园丁。”露达说。她接着补充道：“我姑妈艾米丽着迷于园艺，安妮大部分时间都在除草或种球茎。”

“后来你离开了迪尔林太太？”

“她的身体每况愈下，只好请了个正规的护士。”

“她患了癌症，”露达说，“可怜的人，必须用吗啡那一类的药。”

“她对我很好，临走时我别提多伤心了。”安妮说。

“当时我正在物色一套别墅，”露达说，“想找人一起住。父亲再婚了——我和继母合不来。我让安妮来陪我，于是她就住下了。”

“你的履历看起来很完美，”巴特尔说，“我再确认一下时间。你说在埃尔顿太太家住了两年。现在她的地址是？”

“她去了巴勒斯坦。她丈夫在那边担任公职——我不太清楚具体是什么职务。”

“啊，好的，我可以去查。然后你就到了迪尔林太太家？”

“我在她家住了三年，”安妮立即答道，“德文郡，小汉伯里，‘沼泽溪谷’庄园。”

“知道了，”巴特尔说，“那么你今年是二十五岁，梅瑞迪斯小姐。还有件事，请说出两个认识你和你父亲、目前又在切尔滕纳姆的人的姓名和住址。”

安妮照办了。

“现在谈谈你的瑞士之旅。你在那里认识了夏塔纳先生。你是一个人去的吗？还是与达维斯小姐同行？”

“我们结伴去的，还有另外几个朋友，一共八个人。”

“说说你认识夏塔纳先生的经过。”

安妮皱起眉头。“确实没什么可说的，他也在瑞士。就跟酒店住客之间结识的经过差不多。他在化装舞会上得了一等奖，扮演的是《浮士德》里的恶魔梅菲斯特。”

巴特尔警司叹了口气。“是啊，他就爱那种打扮。”

“惟妙惟肖，”露达说，“简直不用化装。”

警司轮流打量两个女孩。“你们哪一位跟他比较熟？”

安妮迟疑不决，答话的是露达。

“起初都差不多，跟他都不熟。我们一群人是去滑雪的，白天出去玩，晚上一起跳舞。不过夏塔纳似乎对安妮很有好感，特地来向她致意。我们都拿这件事跟她开玩笑。”

“我看他是故意惹我生气。”安妮说，“因为我不喜欢他，他就故意让我尴尬，以此取乐。”

露达边说边笑：“我们都劝安妮，他是个理想的结婚对象，结果把她气疯了。”

“能不能透露一下你们这几位朋友的姓名？”巴特尔说。

“你也太多疑了吧，”露达说，“难道我们还会骗你？”

巴特尔警司眨眨眼。“总之，我都要确认一下。”

“你的疑心太重了。”露达说。

她在一张纸上草草写下几个人名交给他。巴特尔起身。

“嗯，非常感谢，梅瑞迪斯小姐。达维斯小姐说得对，你的履历毫无瑕疵，我想你没必要太担心。夏塔纳先生对你的态度很奇怪。恕我多嘴，他应该没向你求婚吧？或者，用其他方式献殷勤？”

“他可没勾引她，”露达赶紧帮腔，“你是这个意思吧。”

安妮脸红了。“没那回事。他始终很有礼貌，而且，拿腔作调的。那种刻意的礼节客套让我很不舒服。”

“他说过或是暗示过什么吗？”

"嗯，至少——不，他从没暗示什么。"

"抱歉。那种浪荡子常干这种事。好了，晚安，梅瑞迪斯小姐，谢谢你。咖啡棒极了。晚安，达维斯小姐。"

巴特尔走后，安妮关上前门，回到客厅。"结束了，也不算很严重嘛，"露达说，"他这么和蔼，就像一位慈父，显然一点都不怀疑你。比我预料中的轻松多了。"

安妮坐下来叹口气。"真的很轻松，我居然还操了半天心，真傻。我以为他会恐吓我，就像话剧里的皇家律师那样。"

"看起来他很讲理，"露达说，"他知道你不是那种会杀人的女人。"

她又犹豫片刻，才说："对了，安妮，你没提到你在克罗夫特维斯待过，是不是忘了？"

安妮缓缓答道："我以为那不要紧。我只在那里住了几个月。而且那里也没什么熟人可以让他去核实的。如果你觉得有必要，我可以写信告诉他，但应该无所谓吧，不管了。"

"既然你这么说，好吧。"

露达起身去开收音机。

一个沙哑的嗓音飘出来："刚刚为大家播放的是努比亚的黑人广播剧《宝贝，为什么对我撒谎？》。"

第十五章　德斯帕少校

德斯帕少校走出奥尔巴尼街，急转入摄政街，跳上一辆公交车。

此时的城市很安静，公交车的上层乘客寥寥。德斯帕往前走了几步，挑了个前排的座位坐下。

他跳上来的时候，车还没停稳。随后这辆车才停下，又接了几位乘客后，沿摄政街继续前进。

又有一位乘客上到二层，走到前排的座位另一边坐下。

德斯帕没注意新上来的人。几分钟后，对方低声搭讪："从车顶看伦敦感觉不错，不是吗？"

德斯帕回头，一时不明所以，随即表情才豁然开朗。

"抱歉，波洛先生，没认出你。嗯，你说得对，登高望远嘛。以前没装这种笼子似的玻璃窗的时候，景色更好。"

波洛叹道："但下雨天挤满乘客的时候就难受了。这个国家的雨天特别多。"

"下雨？下雨又没什么危害。"

“你错了，”波洛说，“下雨会造成胸闷。”

德斯帕笑了：“波洛先生，我看你总是穿戴严实。”

波洛的确全副武装，以应对秋天多变的天气。他穿着大衣，还裹了一条围巾。

“居然这么巧碰到你，感觉怪怪的。”

德斯帕没注意到隐藏在那条围巾后的笑容。这次偶遇一点都不奇怪。波洛估算了德斯帕出门的大致时间，特意等着他。他很谨慎，没有冒险跳上车，而是一路跟随到下一站才上车。

“是啊，那天晚上在夏塔纳先生家分手后，就没再见过面。”

“你不是参加了这次调查吗？”德斯帕问道。

波洛轻轻挠挠耳朵。

“我思考，”他说，“反复思考。至于东奔西跑的实地调查，我可不干。我的年龄，脾气和体格都不允许。”

德斯帕的反应居然是：“思考？啊，那还好。现在的人都爱没头苍蝇似的乱窜。如果大家都安安静静坐下来，三思而后行，那麻烦一定比现在少。”

“这是你的人生哲学吗，德斯帕少校？”

“通常如此。”德斯帕说，“认准方向，计算路线，权衡利弊，下定决心——然后坚持到底。”他严肃地抿着嘴。

“然后无论如何你都不会动摇，是吗？”波洛问。

“噢！我可没那么说。过于顽固也没用，如果犯了错误，就老老实实承认。”

“但我想你很少犯错，德斯帕少校。”

“我们都会犯错，波洛先生。”

大概因为他用了“我们”这个代词，波洛略显不悦地答道：“有些人犯的错误比别人少。”

德斯帕望着他，微微一笑：“你从没失败过吗，波洛先生？”

“上次失手是在二十八年前了，”波洛正色答道，“即便那一次，也是事出有因——不提也罢。”

“很出色的纪录啊。”然后德斯帕又补充，“夏塔纳的谋杀呢？应该不算，因为不在你的职务范围之内。”

“虽然与我无关，但照样侵犯了我的自尊。你能理解吗，一场命案就在我眼皮底下发生——有人不把我的破案能力放在眼里，简直是对我的侮辱！”

“何止在你眼皮底下，”德斯帕淡然答道，“也在苏格兰场的人眼皮底下。”

“这可能是最严重的错误。”波洛严肃地说，“巴特尔警司虽然看起来很木讷，但头脑可不呆，一点儿也不。”

“同感，”德斯帕说，“那只是他的伪装，其实这个警察精明得很。”

“而且他全身心扑在这案子上。”

“噢，他别提多积极了。看到后座上那个军人模样的家伙了吗？”

波洛回头张望。

“这一侧只有我们两人。”

“喔，那他大概在另一边。他盯我盯得特别紧，效率相当高，每次还换上不同的伪装，技巧够高明。”

“啊，可惜骗不过你，你的眼光又快又准。”

“我见过的面孔从不会忘记——即便是黑人也不例外，这一点胜过绝大多数人。”

“我正需要你这样的人，”波洛说，“刚好今天碰上了！我需要看得准、记得牢的人，但很遗憾，总是难以兼备。我问过罗伯茨医生一个问题，没有结果，问洛里默太太也一样。现在想试试看从你这里能不能得到我要的答案。请回忆一下在夏塔纳家打牌的那个房间，说说你都记得什么。”

德斯帕神情迷惑。“我不明白。”

“描述一下房间里的情形——家具、摆设什么的。”

“我未必擅长这些。”德斯帕缓缓答道，“我感觉那个房间的装饰相当奢靡，简直不像人住的。有好多丝绸锦缎之类，也只有夏塔纳那种人才这样。”

“请具体一些——”

德斯帕摇摇头。“恐怕我没有多留意。他有几张上好的地毯——两张布哈拉产的，还有三四张高档波斯地毯，其中一张产自哈马丹，一张产自塔布里斯。有个很醒目的大羚羊头——不，那是摆在大厅里的，估计是从罗兰－瓦德商店买来的。”

“你认为夏塔纳先生不可能去狩猎野兽？”

“他不可能。我敢打赌，他从来没射击过会动的东西。其他还有什么？不好意思，辜负你的期望了，我确实帮不上忙。桌上摆满了各种各样的小玩意儿。我只注意到一个很有趣的玩偶，估计来自复活节岛。还有打磨得锃亮的木器，不多见。另外就是马来亚的一些特产。不，我恐怕帮不上忙。”

“没关系。”波洛有些沮丧。然后他又说：“你知道吗，洛里默太太记牌的本事太惊人了！几乎每局的叫牌和过程她都能说上来，不可思议。”

德斯帕耸耸肩。“有的女人就是这样。我想是因为她们牌打得好，而且又天天打。”

“你办不到，呃？”

德斯帕摇摇头。“我只记得两局而已。有一局我本来可以靠方块取胜，结果被罗伯茨搞砸了。他的牌没做成，我们运气又不好，没加倍。我还记得打无将那一局，每张牌都不顺，好在只输了两墩，损失不大。”

“你经常打牌吗，德斯帕少校？”

“不，很少。不过桥牌这种娱乐不错。”

“比打扑克好？”

“我个人认为是的。扑克太像赌博。”

波洛若有所思。“我感觉夏塔纳什么游戏都不玩——

我是指纸牌类的。”

“夏塔纳只爱玩一种游戏，乐此不疲。”

“是什么？”

“一种下三烂的伎俩。”

波洛沉默了片刻，才说：“确有其事？或者只是你的猜测？”

德斯帕的脸涨红了。“你是指没有确凿证据就不能臆测？我认为确有其事，不会错。而且巧得很，我刚好是知情人。但我不准备公布证据，毕竟这些信息是私下里得到的。”

“也就是说，牵扯到一个或者几个女人？”

“对。夏塔纳这禽兽不如的家伙，喜欢对付女人。”

“你认为他搞敲诈勒索？有意思。”

德斯帕连连摇头。“不，不，你误会了。从某种意义上说，夏塔纳确实是勒索犯，但不是通常那种勒索，他要的不是钱。这么说吧，他可以算是精神勒索。”

“那他能得到什么好处？”

“得到极大的满足。只能这么形容。他最爱欣赏别人的恐惧和畏缩。这样一来他就会忘记自己的卑怯，占据心理上的制高点。这种姿态对女人很有效。只要暗示说他掌握了一切内幕，她们就会告诉他一大堆可能他原来并不知道的事。这就更激发了他的‘幽默感’，于是他摆出那种恶魔般不可一世的姿态：‘我无所不知！我是伟大的夏塔纳！’无耻至极！”

“所以你认为他用这种方法来恐吓梅瑞迪斯小姐。”波洛慢慢地说。

“梅瑞迪斯小姐？”德斯帕两眼一瞪，“我想到的不是她。她不会畏惧夏塔纳那种人。”

“对不起。那你是指洛里默太太了。”

“不，不，不，你误会了。我只是泛泛而谈。要恐吓洛里默太太没那么容易。何况她也不像藏有罪恶隐私的女人。不，我没有特指什么人。”

“仅仅泛指这一类手段？”

“完全正确。”

“毫无疑问，”波洛慢条斯理地附和，“那种男人对女人的了解一定相当透彻。一步步套出她们的秘密——”

他停住了。德斯帕不耐烦地打断他：“荒谬。那家伙只会虚张声势，其实只是纸老虎。但女人都怕他，真可笑。”

他突然长身而起。

“哎呀，我坐过站了，完全沉浸在刚才讨论的话题里。再见，波洛先生。注意往下看，我下车时，跟踪我的人也会下车。”

他匆匆往后走，下了楼梯。售票员拉铃通知司机有人要下车。铃声余音未息，马上又有人拉铃。

波洛俯视下面的街道，发现德斯帕正沿人行道大步往回走。他懒得去辨认是否真有人跟踪，而是琢磨着其他事。“没有谁情况特殊啊，”他喃喃自语，“这就怪了。”

第十六章　埃尔西·贝特的证词

奥康诺警员被苏格兰场的同事们起了个外号："女仆的梦中情人"。

他无疑是个美男子，高大挺拔，宽肩细腰。但与其说他的女人缘来自英俊的外形，倒不如说他那狡黠又大胆的眼神才更令异性难以抗拒。奥康诺警员每次出手必有收获，而且效率很高。

距夏塔纳先生的命案发生时间才过了四天，雷厉风行的奥康诺警员已经和"北奥黛丽街一百一十七号的克拉多克太太"生前的女仆埃尔西·贝特小姐并肩观赏三英镑六便士一张票的话剧了。

做好铺垫之后，奥康诺警员开始切入正题。

"这幕剧让我想起从前的一位主人，"他说，"他姓克拉多克，怪人一个。"

"克拉多克？"埃尔西说，"我也给姓克拉多克的一家人干过活。"

"有意思，难道是同一家？"

“他们住在北奥黛丽街。”埃尔西说。

“我辞职的时候，他们正要搬去伦敦，”奥康诺立即说，“没错，我记得就是北奥黛丽街。克拉多克太太真难伺候。”

埃尔西的头甩得像拨浪鼓。

“我受不了她。没完没了地挑毛病、发牢骚，不管我做什么都是错。”

“她丈夫也没少受埋怨吧？”

“她总抱怨说他冷落她，不了解她。而且她老说自己身体不好，天天气喘吁吁的。可依我看，她根本没病！”

奥康诺一拍膝盖。

“想起来了。不是有人说过她和一个医生的闲话吗？说他们来往太密切什么的？”

“罗伯茨医生？他人很好啊。”

“你们这些女孩，都一个样。”奥康诺警员说，“男人越坏，你们越维护他。我就知道他是那种人。”

“不，你不了解，你完全弄错了，他才不是那种人。克拉多克太太总要请他来，这能怪他吗？作为医生还能怎么办？他只是把她当病人而已，根本没多想。还不都是克拉多克太太自己不好，搅得他也不得安宁。”

“那就好，埃尔西——不介意我叫你埃尔西吧？总觉得我们都认识一辈子了。”

“哼，哪有那么久！我可不是叫埃尔西吗？”

她又甩甩头。

“噢，好吧，贝特小姐，”他瞥了她一眼，“刚才说到哪儿来着？她丈夫也一直发脾气，对不对？”

“有一天他发了好大的火。”埃尔西承认，“不过要我说，他那时已经病了。你知道，没过多久他就死了。”

“我记得——死得有点怪，是吧？”

“从日本来的什么传染病——用新买的刮胡刀的时候感染上的。好可怕啊，他们怎么不小心一点儿？以后我再也不敢碰日本的东西。”

“要买就买英国货，这是我的座右铭。”奥康诺警员郑重地说，“你说他和医生吵过架？”

埃尔西点点头，享受着揭发从前是是非非的快感。“吵得特别凶，至少男主人火气很大。罗伯茨医生一直很冷静，只说了些‘胡扯，你都想些什么啊’这一类的话。”

“在家里吵？”

“是啊，克拉多克太太请医生来，然后就和男主人吵了起来。吵到一半罗伯茨医生来了，男主人就拿他出气。”

“他具体说了些什么？”

“噢，我当然不该听见。他们在女主人的卧室里大吵。我以为出了什么事，就拿簸箕去打扫楼梯。我可不想错过好戏。”

奥康诺警员衷心表示理解她的心情，同时暗自庆幸自己是以非官方的身份来接近埃尔西的。如果亮出警员的职务正式查问，她一定会声称什么也没听见。

“我说过，罗伯茨医生很平静，男主人却大喊大叫。”

“他都说了些什么？”奥康诺第二次迫近重点。

“臭骂了他一顿。”埃尔西喜滋滋地说。

“怎么骂？”

这个女孩就不能说点具体的吗？

“哎，其实我没怎么听懂，”埃尔西承认，“那些词好复杂，什么‘违背职业道德’啦，‘占便宜’啦，他还说要让罗伯茨医生从医师协会里除名，有这回事吗？大致是这些。”

“没错，”奥康诺说，“可以向医师协会投诉。”

“对，他好像说过。女主人一直歇斯底里地嚷嚷：‘你从来不关心我！你冷落我！你丢下我一个人！’她还说罗伯茨医生简直是上帝为她派来的天使。

“后来医生跟男主人去了更衣室，把卧室的门关上了——我听得很清楚。他说：‘老兄，没发现你太太发神经了吗？她根本不知道自己说什么。实话告诉你吧，她的病很麻烦，要不是职——’那个词好难记，噢，‘要不是职责所在，我早就撒手不管了。’他就是这么说的。他还说他没越过医生和病人之间的界限什么的。男主人这才安静了，然后医生又说：‘你上班要迟到了。你先走吧，冷静地思考一下，你会发现整件事根本不存在。我洗个手就要去看下一位病人。你好好想想，老兄，整件事都是你太

太胡思乱想出来的。’

“男主人说：‘我不知道有什么可考虑的。’

“然后他出来了——我当然在卖力地刷楼梯，但他根本没注意到我。过后想想，当时他看起来就像生病了。医生高高兴兴地吹着口哨，在更衣室洗手，那里冷热水都有。然后他也拎着包出来了，和平时一样，有礼貌又笑眯眯地跟我打招呼，很开心地走了。所以你看，我很肯定医生没做错什么，都是太太的问题。”

“后来克拉多克先生患了炭疽热？”

“嗯，我觉得吵架那会儿他已经生病了。太太全心全意照顾他，但他还是死了。葬礼上的花圈很漂亮。”

“后来呢？罗伯茨医生有没有再去他们家？”

“没有，你问题真多！我看你对他有偏见嘛。告诉你，他没问题。如果有，男主人一死，他就会娶她，对不对？但他根本没娶她，哪会那么傻。他早就看透她了。她经常打电话给他，但他怎么都不肯来。后来太太卖掉房子，把我们都辞退了，去了埃及。”

“所以那段时间你没见过罗伯茨医生。”

“没有。但太太见过，因为她去医生那里打——什么来着，伤寒预防针。她回来的时候手臂疼得厉害。依我看，医生当时就跟她一刀两断了。后来太太再也没打电话给他，反而高高兴兴地带了一大堆漂亮衣服出国。虽然是冬天，那些衣服却都是浅色的，她说那边阳光灿烂，天气很热。”

“没错，”奥康诺警员说，“有时候热过头了。她死在了埃及，你应该知道吧？”

“不，我真的不知道。唉，想想看！可怜啊，也许她的情况比我想象得更惨。”她又叹道，“也不知道他们怎么处理她那些漂亮衣服？那里都是黑人，穿不了那些。”

“如果穿在你身上，一定很好看。”奥康诺警员说。

“脸皮真厚。”埃尔西故作嗔怒。

“好吧，这‘厚脸皮’也不会骚扰你太久了，”奥康诺警员说，“我要去很远的地方出差。”

“要去很久？”

“可能得出国。”警员答道。

埃尔西的脸拉了下来。

虽然她不曾拜读过拜伦爵士的著名诗篇《我从未爱上一头羚羊》，但这首诗却正是此刻她的心情的最好写照。她暗想：真奇怪，长得帅的约会对象总是不能修成正果。唉，算了，反正还有弗雷德。

幸好，来去匆匆的奥康诺警员对埃尔西的生活不至于造成长远的影响。说不定弗雷德还因此加分了呢！

第十七章　露达·达维斯的证词

露达·达维斯走出德贝汉商店，站在人行道上出神，脸上写满犹豫。那张脸表情丰富，随时映射出她脑海中的千思万绪。

此刻，露达的表情显然是在说："该不该？我想——可能还是不去更好。"

看门人满怀希望地问："小姐，要叫出租车吗？"露达摇摇头。

一位提着大包小包、一看就是"趁早开展圣诞大采购"的胖女人猛撞了露达一下，但露达依旧呆站着，举棋不定。

纷乱的思绪接连涌过。去一趟又有什么关系？她邀请过我——不过她也许对所有人都这样说。可能她不是认真的——唉，没关系，反正安妮暂时不需要我，她说得很清楚，更乐意单独和德斯帕少校去找律师。这不是很正常吗？三个人有些多，而那件事其实与我无关。我也没有特别想见德斯帕少校，虽然他很和善。我想他一定爱上安妮了，否则男人哪会这么积极——不只是纯粹出于好心帮忙。

一个邮递员撞到露达，稍有些不悦地说："对不起，小姐。"

天哪，露达暗想，我总不能在这儿傻站一整天吧。都怪我太笨，下不了决心——我想那件大衣和裙子一定非常漂亮，不知棕色的是不是比绿色的更耐看些？不，应该不是。唉，怎么办，去还是不去？三点半，时间正合适，不至于弄得像是去蹭饭的。算了，还是去吧。

她冲过马路，先右转，再左转，沿哈利街一路走去，最后在一排被奥利弗太太称为"坐落在许多养老院之中"的公寓门前停下脚步。

反正她也不至于吃了我。露达边想边壮着胆子走进去。

奥利弗太太的公寓在顶楼。一名穿制服的服务员把露达送进电梯。她走出电梯，站在一扇绿色的门前面，脚下是漂亮的新垫子。

感觉真糟糕，露达心想，比看牙医更可怕。但我必须坚持到底。

她按响门铃，尴尬得满脸通红。

一位年老的女仆开了门。

"请问，我能不能——奥利弗太太在家吗？"露达问道。

女仆让到一旁，露达走进屋，被带进一间相当凌乱的客厅。女仆问："请问小姐怎么称呼？"

"噢，呃，达维斯小姐，露达·达维斯。"

女仆去通报了。刚过了一分四十五秒她就回来了，但露达觉得仿佛过了一百年。

“这边请，小姐。”

露达的脸更红了。她跟着女仆经过走廊，拐了个弯，有扇敞开的门。她万分紧张地踏进去，霎时间，她震惊地发现自己身处非洲丛林！

各种各样的鸟——成群的小鸟、鹦鹉、金刚鹦鹉、连鸟类学家都叫不出名字的鸟儿……在原始森林里飞进飞出。在鸟儿和植物的簇拥中，有一张破破烂烂的餐桌，桌上摆着一台打字机，地上散放着大沓稿纸。奥利弗太太顶着乱蓬蓬的头发，从一张眼看要四分五裂的椅子上站起来。

“好孩子，你可算来了。”奥利弗太太伸出一只沾了油墨的手，用另一只手去理顺头发，这个动作简直匪夷所思。

她的胳膊肘撞翻了桌上的一个纸袋，苹果滚了一地。

“没事，孩子，别麻烦了，等下有人来捡。”

露达刚捡起五个苹果，喘着气直起腰。

“噢，谢谢——不不，不该放回纸袋里，袋子可能破了个洞。就放到壁炉架上吧。可以了。快请坐，我们聊聊。”

露达坐进另一张旧椅子，注视着女主人。

“真抱歉，是不是打扰你工作了？”

“噢，是，也不是。”奥利弗太太说，“你也看到了，我确实在工作，不过我笔下的芬兰侦探把自己绕晕了。他根据一盘法国豌豆展开精彩推理，刚刚查出米迦勒节烧鹅里塞的鼠尾草和洋葱含有致命毒药。但我突然想起，米迦勒节的时候，法国豌豆的收获季早就过了。”

露达得以一窥侦探小说的创作内幕，顿时异常激动，简直喘不过气来。“做成罐头可以吗？”

“也许可以，”奥利弗太太将信将疑地说，“但这会破坏情节。我一直混淆了园艺方面的很多问题。读者写信给我，说我弄错了很多花的花期。这有什么关系啊，反正伦敦花店里什么花都有。”

“当然没关系，”露达急忙表达忠心，“噢，奥利弗太太，写小说真是太不可思议了。”

奥利弗太太用沾着油墨的手指揉揉额头。“为什么？”

“噢，”露达略显惊讶，“那是肯定的。坐下来写完整本书，感觉一定棒极了。”

“那可不一定，”奥利弗太太说，“其实写书需要大量思考，而思考是件烦心事，还得处处计划，时不时还会陷入困境，仿佛永远无法解脱——最后终于成功！写作并不总是开心事，跟其他任何工作一样，都很辛苦。”

“这不太像工作啊。”露达说。

“对你而言不像，”奥利弗太太说，“因为你不用写嘛！我却觉得是工作。有时我不得不反复对自己强调下一批版税的数额，才有办法接着写下去。报酬总能给人动力，记录着你透支情况的银行存折也有同样作用。”

“没想到你亲自打字，”露达说，“我以为你有秘书。”

“我的确请过秘书，我口述，她打字。但她过分能干，反而让我很沮丧。我觉得她比我更懂英文语法、逗号和分号，令我自愧不如。后来我换了个不那么出色的秘书，结果可想而知，配合得也不太愉快。”

“构思情节的过程一定很美妙。”露达说。

“我随时都在构思，”奥利弗太太高兴地说，“但写下来就很烦人。我常常以为写完了，一算字数，才三万字，离六万字还差得远，只好再插进一桩命案，让女主角再次遭人绑架。真没意思。”

露达没答话。她愣愣地望着，满怀年轻人对名人的崇敬，却又夹杂着些许失望。

“喜欢这种壁纸吗？”奥利弗太太挥挥手，“我特别喜欢小鸟。这些植物估计是热带的，即使在大冷天也看得人冒热气。我只有在感觉很温暖的环境里才能做点事，但我笔下的斯文·耶尔森每天早晨都得给浴室除冰！”

“好厉害！”露达说，“只要没打扰你就好。”

“我们喝点咖啡，吃点烤面包吧。”奥利弗太太说，“浓咖啡，热腾腾的烤面包。我在任何时候都吃得下。”

她开门喊了两声，又回来问：“你今天进城是来买东西吗？”

“对，逛了逛街。”

“梅瑞迪斯小姐也来了？”

“嗯，她跟德斯帕少校去见一位律师。”

“律师？”奥利弗太太眉毛一挑。

“对，是这样，德斯帕少校建议她请一位律师。他特别热心，真的。”

“我也很热心啊，”奥利弗太太说，“但我好像没那么受欢迎，是吧？其实我觉得你的朋友很不乐意看到我去拜访她。”

“噢，没那回事，真的没有。”露达尴尬得在椅子上扭动身子，“其实这就是我来的目的之一，来解释一下。我认为你完全误会了。虽然她表面上很冷淡，但其实不是那样。我是指，你去找她本来没什么，问题在于你说的一句话。”

“我说的一句话？”

“是的，当然，你不可能预知，只是不凑巧而已。”

“我说了什么？”

“估计你不记得了。你轻描淡写地提过意外啊，毒药啊什么的。”

“有吗？”

“我就知道你忘了。是这样，安妮有过一次恐怖的经历。当时她住的那家有个女人误吞了毒药——印象中是帽漆，估计错把帽漆当成别的东西了，然后就死了。安妮当然受了极大的惊吓。一谈起甚至是想起这件事，她就受不了。结果你那句话勾起了她的回忆，她忽然不作声，全身僵硬，态度很奇怪。我发觉你已经注意到了，但当着她的面，我又不方便说什么。可是你要知道，事情跟你想的不一样，她并不是不领情的人。”

奥利弗太太望着满面急切的露达，缓缓答道：“我明白了。”

“安妮特别敏感，”露达说，“唉，她非常不善于面对现实。如果有什么烦心事，她都宁可憋在心里。其实一点好处也没有，至少我认为如此。不管说不说，麻烦照样存在。她只是拼命逃避，装作没那回事。换作是我，无论多痛苦，我也忍不住会说出来。”

“啊，”奥利弗太太平静地说，“但是，孩子，你是一位斗士，而你的朋友安妮不是。”

露达脸红了。“安妮很可爱。”

奥利弗太太笑了笑：“我没说她不可爱，我只是说她没有你这种非同一般的勇气。”她叹口气，然后又出其不意地说，“孩子，你是否相信真相的价值？”

“当然相信。”露达瞪大眼睛。

“嗯，你嘴上这么说，但未必认真思考过。真相有时很伤人，会让人的幻想破灭。”

“但我仍然愿意了解真相。”露达说。

“我也是。但我不确定这是不是明智之举。”

露达急忙说：“别把我的话告诉安妮好吗？她会不高

兴的。”

“我想都没想过。是很久以前的事吗？”

“四五年前吧。说来也怪，同样的遭遇总在同一个人身上反复上演。我有个姑妈多次遇到海难，安妮则是两次卷入暴死事件——只是这次的处境恶劣得多。谋杀太可怕了，不是吗？”

“是啊。”

黑咖啡和涂了奶油的热面包送来了。露达像个孩子似的大快朵颐。能在这么近的距离和名人一起吃东西，她格外兴奋。

吃喝完毕，她站起来说：“但愿没给你添太多麻烦。不知你介不介意——如果我寄一本你的书来，能不能替我签个名？”

奥利弗太太大笑：“哦，还可以更满足你一点。”她打开房间另一端的柜子。“喜欢哪一本？我个人觉得《第二条金鱼事件》挺不错，不像其他作品那么差劲。”

听到一位作家如此形容自己的作品，露达稍感震惊，连忙收下礼物。奥利弗太太翻开封面，用花体字签了名，递给露达。

“送给你了。”

“太感谢了，今天好开心。真的没打扰到你吗？”

“本来我也想见你嘛。”奥利弗太太说。她稍一踌躇，又说：“你是个好孩子，再见。好好照顾自己。”

客人走后，她关上门，自言自语："我为什么要说那句话呢？"

她摇摇头，搅乱头发，继续对付斯文·耶尔森和鼠尾草、洋葱填料的情节。

第十八章　茶歇时间

洛里默太太走出哈利街上的一扇门，在台阶顶端站了一会儿，才慢慢走下来。

她的表情很特别——严肃、决绝与奇特的犹疑不定彼此交织。她的眉毛微微下垂，似乎正聚精会神地思考某个问题。

这时她发现安妮·梅瑞迪斯站在对面的人行道上，正仰望着拐角处的一大排公寓楼。

洛里默太太迟疑片刻，随后径直走过去。“你好，梅瑞迪斯小姐。”

安妮一惊，转过身来：“噢，你好。”

“还在伦敦？”洛里默太太说。

“不，今天才进城，有些法律事务要办。”

她的目光又移向那片公寓。洛里默太太问：“有什么问题吗？”

安妮又吓了一跳，颇为心虚。

“问题？噢，没有，哪来的问题？”

“你看上去好像有心事。”

“没有，噢，其实我，也没什么要紧的，说起来有些傻。”她轻笑了两声，“我好像看见我的朋友——跟我同住的女孩，到那里面去了，不知她是不是去找奥利弗太太。”

“奥利弗太太住在这里？我倒不知道。”

“是啊，前几天她去看我们，留了地址，让我们来找她。不知我看见的是不是露达。”

“要不上去看看？”

“不，还是算了。”

“一起喝茶吧，”洛里默太太说，“附近有家店我很熟。”

“你太客气了。”安妮仍有些踌躇。

她们并肩走了一段，拐进侧面一条小街，进了一家小点心店，服务生端来茶和松饼。她们没怎么说话。两个人都觉得对方的沉默让人安心。

安妮突然问：“奥利弗太太找过你吗？”

洛里默太太摇摇头。“除了波洛先生，没人来找我。”

“我不是指——”安妮说。

“不是？我以为是啊。”洛里默太太打断她。

女孩抬起头——惊惶地匆匆一瞥。洛里默太太表情中的某些东西似乎令她放心不少。

“他没找过我。”她慢吞吞地说。

片刻的冷场。

安妮又问："巴特尔警司去过你那儿了吗？"

"噢，去过，当然。"洛里默太太说。

安妮吞吞吐吐地说："他都问你哪方面的问题？"

洛里默太太疲惫地叹了口气："没什么特别的，例行公事吧。我看他也挺高兴的。"

"我猜所有人他都问过了。"

"应该是吧。"接着又冷场了。

安妮又问："洛里默太太，你觉得——他们会查出谁是凶手吗？"

她低头盯着盘子，错过了老太太审视她低垂的脑袋时那怪异的表情。

洛里默太太轻声回答："我不知道。"

安妮喃喃念叨着："有点……让人有点不舒服，是吧？"

刚才那种审度中带有同情的神色又浮现在洛里默太太脸上。"安妮·梅瑞迪斯，你今年多大了？"

"我……我？"女孩结结巴巴地答道，"二十五岁。"

"我六十三岁。"洛里默太太说。

然后她又缓缓地说："你的人生之路还很长。"

安妮颤抖着。"说不定回家的路上我就会被公交车撞死。"

"嗯，有这个可能。而我，我可能不会。"

洛里默太太的语气很奇怪，安妮惊愕地望着她。

"人生的路很难走，"洛里默太太又说，"到了我这个年龄，你就明白了。活下去需要无尽的勇气和忍耐。最后你难免会扪心自问：'究竟值不值得？'"

"噢，别这么说。"

洛里默太太笑了，又恢复了精明能干的本色。

"不谈那些郁闷的经历了。"她叫女招待过来结账。

刚出店门，一辆出租车正好驶过，洛里默太太拦下车。

"需要捎你一程吗？我要去公园南边。"

安妮两眼一亮。

"不，谢谢，我看到我的朋友从街角拐过来了。谢谢，洛里默太太。再见。"

"再见，祝你好运。"老太太说。

洛里默太太坐车走了，安妮匆匆往前赶。

露达见了好友，喜形于色，旋即又显得有些歉疚。

"露达，你是不是去找奥利弗太太了？"安妮追问。

"唔，说实话，我去了。"

"刚好被我逮住。"

"不明白你说'逮住'是什么意思。我们去搭公交车吧。你怎么没跟男朋友一起走？我还以为他至少会请你喝茶。"

安妮沉默了片刻，耳畔响起刚才他那句话："不如半路接上你的朋友，大家一起去喝茶？"

而她当时不假思索地答道："谢谢，但我们约了其他人一起喝茶。”

谎话，多么愚蠢的谎话。脱口而出，未经斟酌。其实只要简单地说“谢谢，不过我的朋友另有饭局”就好，那照样可以把露达排除在外。

她不想让露达陪伴，真奇怪。她一定是想独占德斯帕。她感觉到了嫉妒。她嫉妒露达。露达那么聪明、那么单纯、那么热情、那么有活力。那天德斯帕看上去似乎很欣赏露达。不过他是去探望她，安妮·梅瑞迪斯啊。露达就是这样，虽然不是故意的，但总会不自觉地让别人变成背景。不，无论如何她都不想让露达参加。

但是她过于慌张，应对方式太笨拙了。如果她更机灵一些，没准现在就在德斯帕少校的俱乐部，或是其他什么地方和他一起喝茶了。

她生露达的气。露达真恼人，去找奥利弗太太干什么？她忍不住大声质问：“你为什么去找奥利弗太太？”

“咦，是她请我们去的啊。”

“没错，但我认为她不是真心的。估计那种话她随时挂在嘴边。”

“她是真心的。她特别亲切，对我特别好，还送了我一本她写的书。你看。”

露达拿出奥利弗太太的礼物向好友炫耀。

安妮疑虑重重地说：“你们都聊些什么？没讨论我吧？”

“听听，这个小姑娘真是自作多情！”

“不，到底有没有议论我？有没有谈到谋杀案？”

“我们聊了她写的谋杀案。她正在写一本书，书里的鼠尾草和洋葱掺了毒药。她特别有人情味，说写书很辛苦，常把情节弄混。我们喝了黑咖啡，吃了涂黄油的热面包。”露达兴高采烈地说个没完。

然后她才说：“噢，安妮，你要喝下午茶啊。”

“不，不用了，我已经喝过了，和洛里默太太一起。”

“洛里默太太？莫非就是——当时也在场的那位太太？”

安妮点点头。

“你在什么地方碰见她的？你去找她了？”

“没有，是在哈利街碰上的。”

“她是怎样的人？”

安妮缓缓答道：“我不知道。她，有点怪怪的，和那天晚上完全不一样。”

“你还认为她是凶手？”露达问。

安妮沉默了片刻，然后说：“不知道。别谈那件事，露达！你知道我受不了那些。”

“好吧，亲爱的。律师怎么样？态度冷淡，满口法律条文？”

“警惕性很高。”

“那不错啊。”露达略一停顿，才问，“德斯帕少校怎么样？”

“一个大好人。”

“安妮，他爱上你了，肯定的。”

“露达，别胡说。”

“哈，走着瞧吧。”

露达暗暗嘀咕着，心想：他爱上她很正常。安妮那么漂亮，只是有点大惊小怪——她永远也不会跟他满世界旅行。唉，她看到蛇一定会尖叫。男人嘛，都喜欢不适合自己的女人。

接着她大声说：“我们可以坐这一路公交车去帕丁顿，正好赶得上四点四十八分的火车。”

第十九章　探讨案情

波洛家的电话响了，另一头的声音恭恭敬敬地说："我是奥康诺警员。巴特尔警司向您问好。请问赫尔克里·波洛先生方不方便十一点三十分来苏格兰场？"

波洛回答说可以，奥康诺警员挂了电话。

十一点三十分，波洛准时在新苏格兰场门口下了出租车，就立刻被奥利弗太太逮个正着。

"波洛先生，太好了！能不能救救我？"

"没问题，夫人。需要我做什么？"

"帮我付出租车费。不知怎么回事，我带的是出国时装外币的钱包，而这个人偏偏不肯收法郎、里拉、马克！"

波洛殷勤地掏出零钱付了账，和奥利弗太太一起走进大楼。

他们被迎进巴特尔警司的办公室。警司坐在一张桌子后面，显得比平时更木讷。

"简直像一尊现代派雕塑。"奥利弗太太低声对波洛说。

巴特尔起身与两人握手，大家先后落座。

“该开个碰头会了，”巴特尔说，“你们一定想了解我的进展，我也想听听你们的成果。只等瑞斯上校来，就——”这时门开了，上校抵达。

“不好意思，迟到了，巴特尔。你好，奥利弗太太。嗨，波洛先生。让各位久等了。不过明天我要出远门，需要做很多准备。”

“你要去哪里？”奥利弗太太问。

“一次小小的狩猎旅行，去南亚的俾路支。”

波洛一笑，话里有话地说：“那个地方出了点小麻烦，对吧？你得当心。”

“我会的。”瑞斯正色答道，但他的眼睛眨了几下。

“先生，有没有帮我们查到什么？”巴特尔问。

“我搜集了一些德斯帕的资料。你看——”他推过一捆文件，“里面有很多日期和地点，想必大部分没什么意义。没发现对他不利的证据。这个家伙很勇敢，在军队的履历完美无缺；严守纪律，所到之处口碑都相当不错，很受当地人信任。非洲人给他取了各种冗长的绰号，其中之一的意思是‘沉默寡言但裁判公正的人’。白人则称他为‘真正的欧洲人’。枪法好、头脑冷静、高瞻远瞩、值得信赖。”

这一番赞美没有打动巴特尔，他问：“他有没有卷入过任何暴毙事件？”

“我特别留意了这一点。他曾救过一个人——有个同伴被狮子抓伤……”

巴特尔叹道：“我对救人的事不关心。”

“你真固执啊，巴特尔。我查来查去，可能只有一件事合乎你的要求。有一次，德斯帕深入南美大陆内部，同行的有著名植物学家卢克斯摩尔教授以及教授夫人。教授发高烧死了，葬在亚马孙丛林的某个地方。”

“发高烧？呃？”

“发高烧。我就不瞒你了，有一个抬棺材的土著突然因为偷东西被解雇了，他说教授不是死于高烧，而是死于枪击。但从来没人认真对待这一传闻。”

“也许该到认真的时候了。”

瑞斯摇摇头。“我都查清楚了。既然是你要的情报，就归你处置。不过我敢打赌，那天晚上的勾当不会是德斯帕干的。他是正人君子，巴特尔。”

“你的意思是，他不可能犯下谋杀？”

瑞斯上校犹豫了。

“不可能犯下我所谓的谋杀，是的。”

“但如果有充足、合理的理由，他也未必不会杀人，是这样吗？”

“如果他杀人，理由一定非常充分！”

巴特尔摇摇头。

“你不能把审判一个人的权力交给另一个人，任由他为法律代言。”

“这种事，巴特尔，有时也是难免的。”

“但却是不应该的。这是我的观点。波洛先生，你怎么看？”

“我和你有同感，巴特尔。我一向反对杀戮。”

“这种说法很滑稽，”奥利弗太太说，“好像在说捕猎狐狸，或者宰杀鱼鹰，然后用羽毛来做帽子。难道你不认为有些人该杀吗？”

“这也很有可能。”

“那还有什么问题！”

“你没有理解。我最在乎的不是被害人，而是这件事对凶手性格的影响。”

“那战争又怎么说？”

“在战争中，个人并未行使审判权，而这一权力正是危险之源。一旦某人自认为他知道谁该活、谁该死，他就离世界上最危险的杀手不远了——他将成为不以利益为目标，而是为理想杀人的傲慢暴徒，他认为自己是在替上帝行使权力。”

瑞斯上校站起身。“抱歉，我要走了，还有很多事要做。我真想看着这件案子画上句号。如果永远破不了案，我也不会吃惊。就算你们查出凶手，也几乎不可能证明。我提供了你要的事实，但在我看来，德斯帕不是凶手。我不相信他从前杀过人。也许夏塔纳听到关于卢克斯摩尔教授之死的某些流言，但我认为仅此而已。德斯帕为人正直，我不相信他曾是凶手。这是我的看法，我对人性也有一定的了解。”

“卢克斯摩尔太太是怎样的人？”巴特尔问道。

“她住在伦敦，你不妨自己去看看。这些文件里有地址，在南肯辛顿某个地方。但我再说一次，德斯帕不是凶手。”瑞斯上校走出房间，脚步如猎人般敏捷，悄无声息。

门关上后，巴特尔沉思着点点头。“也许他说得对。瑞斯上校看人的眼光很准。但话说回来，还不能草率下结论。”

他浏览着瑞斯摆在桌上的大沓文件，不时用铅笔在旁边的便笺簿上写几个字。

“哎，巴特尔警司，”奥利弗太太说，“你不是要跟我们交流调查进展吗？”

警司抬起头，木讷的脸上慢慢浮出笑容。

“这不符合规定，奥利弗太太。希望你了解这一点。”

“废话。”奥利弗太太说，“我本来就没抱希望，反正你不想说的事，绝不会透露给我们。”

巴特尔摇摇头。

“不，”他断然答道，“亮出底牌，是这次办案的原则。我会公平竞争。”

奥利弗太太把椅子拉近了一点。

“快说吧。”她央求着。

巴特尔警司慢条斯理地说：“首先，我要说，我完全不知道究竟是谁杀了夏塔纳先生。从他的文件中看不出迹象，或是任何线索。至于那四个人，我自然都派人跟踪了，但没有实质性收获。这也在预料之中。波洛先生说得对，唯一的希望就是追查往事。查查他们是否犯过什么罪，也许就能推断出这次的凶手是谁。”

“那么，有什么发现吗？”

“其中一个人，似乎有点问题。”

“哪一个？”

“罗伯茨医生。”

奥利弗太太激动而又充满期待地望着他。

“波洛先生知道，各种理论我都验证过了。我确认了他没有近亲突然暴毙。我尽全力追查了各种蛛丝马迹，结果只挖掘到一种可能，而且可能性不算高。几年前，罗伯茨很可能与一位女病人有过暧昧关系。也许没什么，多半没什么，但那个女人情绪不稳定，总爱大惊小怪地胡闹。她丈夫大概听到了风声，或是那个女人自己坦白过。总之，医生算是惹上了大麻烦。愤怒的丈夫威胁要向医师协会举报他，这很可能让他的职业生涯毁于一旦。”

“后来呢？”奥利弗太太屏息追问。

“显然，罗伯茨暂时稳住了怒火冲天的对方，但那个人很快就死于炭疽热。”

“炭疽热？那不是牛瘟之类的传染病吗？”

警司咧嘴一笑：“没错，奥利弗太太。不是南美印第安人那种来无影去无踪的箭毒！或许你还记得，当时市面上有一些感染了病毒的刮胡刀廉价甩卖，引起了很大恐慌。后来证明克拉多克是用了刮胡刀才被感染的。”

“给他看病的是罗伯茨医生吗？”

“噢，不是。以他的精明，怎么可能？克拉多克也肯定不会找他。我只掌握了一项证据，虽不起眼，却很宝贵，当时罗伯茨医生的病人里有一个炭疽病例。”

“你的意思是，刮胡刀上的病毒是医生弄上去的？”

“这个想法非常大胆，但是很遗憾，也只能想想而已，无法进一步确证，纯属猜测。但可能性是存在的。”

“后来他没娶克拉多克太太？”

“噢，老天，没有，我想是那位太太单相思吧。听说她本来不肯善罢甘休，后来却又高高兴兴到埃及去过冬，结果死在那里。得了某种罕见的败血病，名字很长，但估计没多少参考价值。那种病在我们这里很少见，但在埃及的发病率相当高。”

“所以不可能是医生给她下毒？”

“不知道，”巴特尔说，“我找过一位细菌学家朋友探讨，要从他们那里问出直接的答案可真难。他们永远不回答‘是’和‘否’，总爱说‘在某些特定情况下有可能’，‘依据接种者的病理情况而定’，‘以前有过这种病例’，‘很大程度上取决于个人体质’——都是这一类回答。不过我穷追不舍，终于问出一点东西——有可能在她离开英国前体内便被注入了细菌，但一段时间后才出现症状。”

波洛问：“克拉多克太太去埃及之前是不是接种过伤寒疫苗？我想大多数人都会打。”

“你说对了，波洛先生。”

“是罗伯茨医生为她注射的？”

“没错。你又猜中了。但我们无法证明任何问题。她按惯例打了两针，可能只是伤寒疫苗而已；或者其中一针是伤寒疫苗，另一针则是其他东西。我们不知道。我们永远都不会知道。一切都是假设，只能说存在这种可能性。”

波洛若有所思地点点头。

“这跟夏塔纳先生对我说的那番话完全吻合。他大肆鼓吹所谓‘成功的凶手’，说他们的罪行永远不会被人指认。”

“那夏塔纳先生又是怎么知道的呢？”奥利弗太太问。

波洛耸耸肩。“这是永远的谜了。我们已知他在埃及待过一段时间，因为他就是在那里认识了洛里默太太。也许他听当地某位医生提到克拉多克太太的某些离奇症状——说她的感染源很莫名；然后他又在另一个场合听到关于罗伯茨医生和克拉多克太太暧昧关系的闲话。可能他还故意在医生面前故弄玄虚了几句，以此取乐，结果捕捉到了对方惊骇和警惕的眼神。这一切只能猜测了。某些人天生就擅长挖掘秘密，夏塔纳先生就是其中之一。这都无所谓，反正他靠的是猜测。那么，他到底猜得对不对呢？”

“唔，我想他猜对了。”巴特尔说，“这位和蔼可亲的医生不至于太过谨慎。我认识一两个和他很像的人——真奇怪，同一类人的相似之处怎么会这么多。我认为他杀过人，克拉多克就是他杀的。如果他厌烦了克拉多克太太，丑闻也是纸包不住火的，那他也可能害死她。但夏塔纳是不是他杀的？这才是真正的问题。将这几个案子一对比，我就很疑惑了。克拉多克夫妇的死，两次他都用了药物。在我看来，如果他要杀夏塔纳，肯定也会用医药方面的手段。他更擅长使用细菌，而不是刀子。”

“我从来不怀疑他，”奥利弗太太说，“一秒钟也没怀疑过。如果他是凶手就有点太明显了。”

“排除罗伯茨。”波洛嘀咕着，“其他人呢？”

巴特尔不耐烦地挥挥手。

“简直是白忙一场。洛里默太太已守寡二十年，大部分时间都住在伦敦，冬天偶尔会出国。去的都是比较繁华的地区——里维埃拉、埃及，等等。查不到任何与她有关的神秘死亡事件。她的人生轨迹似乎很普通，名声也很不错，看不出和别人有什么不同。大家都相当敬重她，对她的人品评价很高。据说她唯一的缺点就是忍受不了傻瓜！我承认这条线的追查彻底失败了。但她一定有问题！夏塔纳盯住了她。”

他郁闷地叹了口气。“然后是梅瑞迪斯小姐。我彻查了她的身世，履历也很平淡：军官的女儿，父母基本没留下遗产，她只好自己工作，而且也没接受过像样的教育。我查过她早年在切尔滕纳姆的经历，情况相当简单。大家都很同情这个可怜的小姑娘。早先她在维特岛的一户人家住了一段时间——当当保姆，做做家务什么的。那位女主人现在去了巴勒斯坦，不过我跟她姐姐谈过，说是埃尔顿太太很喜欢这个姑娘。他们家没出过离奇死亡之类的事件。

“埃尔顿太太出国后，梅瑞迪斯小姐到德文郡一个同学的姑妈家当陪侍。那个同学现在也跟她住在一起——就是露达·达维斯小姐。她在那里住了两年，后来迪尔林太太病重，不得不请了一位正规的护士。听说是癌症。她还活着，但身体状态非常虚弱，想来是靠大剂量吗啡维持着。我曾经拜访过她，她还记得安妮，说安妮是好孩子。我又找她的一个邻居谈过，那人对几年前的事还有印象。教区内只死过一两个老人，我没发现安妮·梅瑞迪斯有和他们接触过的迹象。

“然后她就去了瑞士。本以为可以在那里追踪到某一起意外死亡事件，却事与愿违。沃林福德那边也没什么发现。”

“所以安妮·梅瑞迪斯也可以排除？”波洛问道。

巴特尔迟疑了。“很难说。有一点——她眼中有一种惊恐之色，我看并不完全是夏塔纳之死的惊吓所导致的。她的戒备心太强，警惕性太高，我打赌一定有问题。但是，她的履历没有破绽。”

奥利弗太太深吸一口气——纯粹出于极度的喜悦。

“但是，”她说，“有个女人误服毒药而死，当时安妮·梅瑞迪斯正好在她家里。”

这番话顿时掀起了轩然大波。

巴特尔警司在椅子里转过身，惊愕地瞪着她。

“这是真的吗，奥利弗太太？你怎么知道的？”

“我也在侦查啊。”奥利弗太太答道，“我跟那两个女孩打过交道。我去探望她们，编了一个像模像样的故事，说我如何怀疑罗伯茨医生。名叫露达的女孩很友好——噢，她简直视我为偶像，太感动了。小梅瑞迪斯却对我很反感，而且表现得非常明显。她十分多疑。如果心里没有鬼，怎么会这样？我请她们来伦敦看我。露达来了，聊了很久，她说安妮前几天对我失礼是因为被我那番话勾起了惨痛的回忆，接着她就说了那件事。”

“她说了具体时间和地点吗？”

“四五年前，在德文郡。”

警司小声嘀咕几句，在便笺簿上草草记了几句。他的镇定和冷静动摇了。奥利弗太太享受着胜利感，这对她而言，真是无比惬意的一刻。

巴特尔稳住情绪。“容我向你脱帽致敬，奥利弗太太，这次你完胜我们了。非常有价值的情报，可见人很容易出现疏漏。”

他微微皱眉。

“无论那是什么地方，她一定没住多久，最多两个月。大概是在她离开维特岛到入住迪尔林太太家之间。对，肯定没错。埃尔顿太太的姐姐只记得她去了德文郡的某个地方——她记不清具体是哪一家，以及详细地址。”

“请问，”波洛说，“这位埃尔顿太太是不是比较不修边幅？”

巴特尔好奇地瞄了他一眼。“你这话很奇怪，波洛先生。搞不懂你是怎么知道的。她姐姐的原话说得很清楚，我记得是：‘我妹妹这人，不修边幅，而且非常粗心。’但你怎么会知道呢？”

“因为她要找人帮忙做家务呗。”奥利弗太太说。

波洛摇摇头。“不，不，不对。没什么，我好奇而已。请继续，巴特尔警司。”

“所以我才以为她是从维特岛直接去了迪尔林太太家。”巴特尔说，“这个女孩真狡猾，竟然骗了我。她从头到尾都在撒谎。”

“撒谎并不代表她有罪。”波洛说。

“我明白，波洛先生，有人天生爱撒谎。事实上，我认为她就是这种人，总说一些最好听的话。但无论如何，隐瞒这种事，仍然要冒相当大的风险。”

“她不知道你会对过去的罪行感兴趣。”奥利弗太太说。

“那就更没有理由隐瞒这种小事了。既然大家都认为是意外死亡，按说她也没什么好害怕的，除非她有罪。”

“除非她是德文郡命案的凶手。”波洛说。

巴特尔转向他。“噢，我懂，即便那次意外死亡另有隐情，也不能证明她就是杀夏塔纳的凶手。不过谋杀始终是谋杀，凶手终归要接受法律的制裁。”

“但依照夏塔纳的说法，不可能留下什么证据。”波洛说。

“那是针对罗伯茨而言。梅瑞迪斯小姐这方面，还得再看看。我明天去一趟德文郡。”

“你有具体目标了？”奥利弗太太问，“我不想再找露达打听细节。”

“嗯，你这样很聪明。我估计难度不大，死了人，肯定有验尸审讯，我可以去查法医的笔录。这是警方的例行工作，明天早上他们就会抄下来给我。”

“德斯帕少校呢？你有没有查到他的任何资料？”

“我一直在等瑞斯上校的消息。当然，我也派人跟踪了德斯帕。有件事挺有意思：他去沃林福德看过梅瑞迪斯小姐。还记得吗，他说是那天晚上才认识她的。”

“不过她长得很漂亮。”波洛咕哝着。

巴特尔大笑。“是啊，我想原因就这么简单。对了，德斯帕不想承担风险，已经咨询过律师了。他早已料到会有麻烦。”

“他一贯很有预见性，”波洛说，“随时准备应对突发情况。”

“所以不太可能仓促之间就捅人一刀。”巴特尔叹道。

“除非他别无选择。”波洛说，“别忘了，他做事向来果断。”

巴特尔望着桌对面的波洛。

“波洛先生，你捏着什么牌呢？一直都没摊开。”

波洛笑道：“我的牌很有限。难道你以为我故意隐瞒？不会的。我没打听到多少内幕。我跟罗伯茨医生、洛里默太太和德斯帕少校都谈过，还得找梅瑞迪斯小姐聊聊。我的结论是什么？罗伯茨医生拥有敏锐的观察力；洛里默太太打牌时极为专注，因此对周围的一切几乎视而不见，不过她很喜欢花；德斯帕只注意对他有吸引力的东西——地毯、猎物的标本之类。他既没有我所谓的外向视野——密切观察周围环境的种种细节，也不具备内向视野——专心致志、聚精会神于某一特定事物。他的视线聚焦范围十分有限，只关注与他的心灵相协调、相契合的东西。”

“原来这些就是你说的实证？”

“确实是实证，也许太微不足道了。”

“梅瑞迪斯小姐呢？”

“我最后才会拜访她。不过我也会问她对那个房间里的东西有什么印象。”

“很特别的方法，”巴特尔沉吟道，“纯粹的心理分析。如果他们故意误导你怎么办？”

波洛笑着摇摇头。“不，不可能。无论他们想阻挠我还是真心想帮忙，都必定会反映出他们的思维模式。”

“确实有些道理，”巴特尔沉思着，“但我自己可用不来这一招。”

波洛依然微笑着：“跟你和奥利弗太太——还有跟瑞斯上校相比，我出的牌得分少得可怜啊。”

巴特尔冲他眨眨眼。“说到这一点，波洛先生，两张王牌虽然分数不高，却可以压倒别人的三张 A。不过，有一项具体工作，我想拜托你。”

“是什么？”

“我想麻烦你去拜访卢克斯摩尔教授的遗孀。”

“你为什么不自己去？”

“因为我要去德文郡，刚才说了。”

“你为什么不自己去？”波洛又问了一遍。

“你还真是不依不饶啊！好吧，我说实话。我想你比我更能从她那儿套出话来。”

“我的方法没那么直接？”

“也可以这么说。”巴特尔微笑着，“杰普警督说，你特别能绕弯子。”

“就像夏塔纳先生？”

“你觉得他能套出她的话吗？”

波洛缓缓答道：“我想他已经套出来了！”

“这话怎么说？”巴特尔连忙追问。

“因为德斯帕偶然说过一句话。”

“他露出马脚了？不太像他的风格啊。”

“噢，亲爱的朋友，人不可能永远滴水不漏，除非他永不开口！言语最容易泄露秘密。”

“就连撒谎也会泄密？”奥利弗太太问道。

“是的，夫人，根据你的谎言具体属于什么类型，立刻就能看出问题。”

“听你这么一说，我浑身不舒服。”奥利弗太太边说边站起来。

巴特尔警司送她到门口，热情地与她握手道别。

“你真有本事，奥利弗太太，”他称赞道，“比你笔下那位又高又瘦的拉普兰人厉害多了。”

“他是芬兰人，”奥利弗太太纠正，“确实很笨，但读者都喜欢他。再见。”

“我也告辞了。”波洛说。

巴特尔在一张纸上写了个地址，塞到波洛手里。

“给，去对付她吧。”

波洛笑了笑。“你想让我查什么？”

“卢克斯摩尔教授之死的真相。”

“亲爱的巴特尔！所谓的‘真相’究竟是什么，真的会有人知道吗？”

“我会查明德文郡那起事件的真相。”警司斩钉截铁地说。

波洛喃喃自语：“我保留我的意见。”

第二十章　卢克斯摩尔太太的证词

卢克斯摩尔太太住在南肯辛顿，开门的女仆疑虑重重地打量着赫尔克里·波洛，不想放他进门。波洛不慌不忙地递给她一张名片。

“交给你家女主人，她应该会见我。”

这是他最华丽的名片之一，一角印着“私人侦探”的头衔。这种名片是为了求见女性而特别印制的。几乎每个女人，无论是否心里有鬼，都不会拒绝私人侦探的约见，而且急于了解对方的来意。

屈尊站在门垫上的波洛厌恶地端详着久未擦拭的门环。

“啊！本来质量就不好，还这么脏。”他嘀咕了几声。

女仆激动地喘着气回来了，请波洛进去。

他被带到一楼的一个房间——光线很暗，空气中弥漫着腐烂的花和没倒干净的烟灰缸的臭味。有很多异国色调的丝绸垫子，看上去都需要清洗。翠绿色的墙壁，仿铜的天花板。

一位身材高挑、颇具风韵的妇人站在壁炉旁。她迎上来，用沙哑的嗓音说：“你就是赫尔克里·波洛先生？”

波洛欠身致意。他的姿态和平时不同，不仅像极了外国人，而且还是那种花哨招摇的外国人，举手投足间十分做作，有一点，有那么一点点，接近夏塔纳先生。

“你找我有什么事？”

波洛又鞠一躬。“能不能坐下来谈？需要花点时间——”

她不耐烦地挥手请他坐下，自己也坐到沙发边缘。

“到底是什么事？”

“夫人，我是来调查的，私人性质的调查，你明白吗？”

他越从容，她就越急迫。“嗯？嗯？”

“我想了解卢克斯摩尔教授的死因。”

对方倒吸一口凉气，惊惶不已。

“可这是为什么？你是什么意思？跟你有什么关系？”

“是这样，有人在写一本书，是你那位大名鼎鼎的丈夫的传记。作者自然急于了解和他有关的一切事实，比如他的死因——”

她立刻打断他。

“我丈夫死于高烧，在亚马孙平原——”

波洛靠回椅背上，慢慢地，很慢很慢地，晃动脑袋，那单调的节奏足以把人逼疯。

“夫人，夫人——”他表示不以为然。

“我知道！当时我也在场。”

“啊，没错，你在。嗯，和我掌握的情报吻合。”

她追问：“什么情报？”

波洛紧盯着她。“已故的夏塔纳先生提供的情报。”

她往后一缩，像被抽了一鞭子。

“夏塔纳？”她喃喃地问道。

“这个人无所不知，”波洛说，“很了不起。他知道很多秘密。”

“应该是吧。”她小声答道，舔了舔干燥的嘴唇。

波洛上身前倾，轻拍她的膝盖。“比如，他知道你丈夫并非死于高烧。”

她瞪着他，眼神疯狂而又绝望。波洛往后一靠，观察着他这番话的效果。她勉强振作精神。

“我，我听不懂你的意思。”

这句话毫无说服力。

“夫人，”波洛说，“我就打开天窗说亮话吧，现在就亮出我的底牌。你丈夫不是死于高烧，而是中弹身亡！”

“噢！”卢克斯摩尔太太惨呼一声。

她双手掩面，浑身颤动，看似极端痛苦，但在内心深处，她又似乎正享受着自己的情绪起伏。波洛很有把握。

“既然如此，”波洛颇有把握地说，“不如全都告诉我。”

她松开捂在脸上的手。“根本不是你想的那样。”

波洛再次倾身轻拍她的膝盖。

“你误会了，完全误会了。”他说，“我很清楚，向他开枪的不是你，而是德斯帕少校。但惨剧却因你而起。”

“我不知道。我不知道。我想是吧。太可怕了。厄运始终缠绕着我。”

“啊，太对了，”波洛高声附和，“这不是常有的事吗？总有这样的女人，无论走到什么地方，悲剧总是如影随形。但这不是她们的错，造化弄人啊。”

卢克斯摩尔太太深吸一口气。“你了解。我就知道你了解。一切自然而然就发生了。”

“你们结伴在南美内陆游历，对不对？”

“嗯。当时我丈夫正在写一本珍稀植物方面的书。有人把德斯帕少校介绍给我们，说他了解那里的环境，可以安排必要的行程。我丈夫对他印象很好，于是我们出发了。”

她停住了。波洛任由冷场延续了一会儿，才小声自言自语起来：“是啊，不难想象，蜿蜒的大河，热带的夜晚，昆虫的嗡鸣，强壮而富有军人气质的男人，貌美的女人——”

卢克斯摩尔太太长叹一声：“我丈夫比我年纪大很多，嫁给他的时候，我简直还是个孩子，根本不懂自己在干什么。”

波洛黯然摇头。“我理解。我理解。这是人之常情。”

“我们都不肯承认正在发生的一切，”卢克斯摩尔太太继续说，“约翰·德斯帕从来没开过口，他是正人君子。”

“但女人总能觉察得到。”波洛从旁怂恿。

“太对了。没错，女人心里都清楚。不过我从没在他面前表露出来。我们始终称呼彼此为‘德斯帕少校’和‘卢克斯摩尔太太’。我们都决心要守住底线。”她沉默了，陶醉在那高尚的情怀中。

“的确，”波洛小声说，“做人就该光明磊落。贵国有位诗人说得好：‘我若不能严守公正，便不能如此爱你。’”

“是荣誉。”卢克斯摩尔太太微微皱眉纠正。

“当然，当然，荣誉。‘我若不能严守荣誉……’”

“这简直是为我们而写的。”卢克斯摩尔太太喃喃道，“无论付出多大代价，我们都坚决避开那致命的字眼。后来——”

“后来——”波洛催促道。

“那个恐怖的夜晚。”卢克斯摩尔太太哆嗦了一下。

“怎么？”

“我猜他们大吵了一架——我是指约翰和蒂莫西。我走出帐篷……我走出帐篷——”

“嗯？然后？”

卢克斯摩尔太太黑色的大眼睛圆睁着，往事栩栩如生地重现于眼前。

“我走出帐篷，”她说，“约翰和蒂莫西正——噢！”她又打了个冷战，“我记不清了，我冲到他们中间喊：‘不，不，这不是真的！’蒂莫西不肯听。他威胁约翰，约翰只能开枪，为了自卫。啊！”她大叫一声，双手掩面，“他死了，像块石头——胸口中弹。”

“夫人，那对你而言真是可怕的一刻。”

“我永远都忘不了。约翰是个男子汉，坚决要去自首，我拼命拦着他。我们争论了一晚上。我一次又一次说‘为了我’。最后他明白了，他不能让我承受这件事公开的后果，想想报上的新闻会是什么标题：丛林中的两男一女，原始的情欲……

“我苦苦哀求，最后约翰妥协了。同行的其他人什么也没看到，什么也没听到。蒂莫西之前就在发烧，我们说他是死于高烧，将他埋葬在亚马孙河畔。”

她痛苦地深深叹息，浑身颤抖。

“然后，回到文明世界，从此永远分离。”

“有这个必要吗，夫人？”

“有，有。蒂莫西虽然死了，却还和活着的时候一样，挡在我们中间，而且将我们分隔得更远。我们彼此道别，是永别。偶尔我也会在社交场合邂逅约翰·德斯帕。我们微笑、寒暄，谁也想不到我们之间有过那么一段往事。但从他的眼中我能看出——他从我的眼中也能了解，我们永不忘怀。”

停顿良久。波洛端详着窗帘，没有打破缄默。

卢克斯摩尔太太拿出粉盒，往鼻子上敷了点粉。魔咒解除了。

“悲剧啊。”波洛说，语气却十分淡然。

“波洛先生，你也明白，”卢克斯摩尔太太连忙说，“这件事绝不能公开。”

“这就难办了——”

“不可能。你这位朋友，这位作家——他一定不想毁掉一个无辜女人的一生吧？”

“或者连累一个完全无辜的男人上绞架？”波洛嘀咕着。

“你也这么看？那我就放心了。他是无辜的。冲动杀人其实不算犯罪，再说他本来就是正当防卫。除了开枪，他别无选择。所以你能理解吧，波洛先生，必须让外人照旧认为蒂莫西是死于高烧。”

波洛又小声说：“作家的心，有时候出奇地狠。”

“你的朋友憎恨女人？要让我们都受罪？但你一定得阻止他，绝不可以。必要时我会把一切罪责揽到自己身上。我会说是我开的枪。”

她已站起身，往后仰着头。

波洛也站起来。“夫人，”他拉起她的手，“夫人，不用牺牲你自己，我会尽量掩盖这件事，不让实情公开。”

一缕甜蜜而娇柔的笑容在卢克斯摩尔太太脸上绽放开来。她轻轻举起手，波洛无论愿不愿意，都不得不轻吻了一下。

“一个不幸的女人衷心感谢你，波洛先生。”她说。

简直像一位遭受迫害的女王对衷心的臣子留下的遗言——显然是谢幕前的台词。波洛识趣地告退了。来到街上以后，他猛吸了一大口新鲜空气。

第二十一章　德斯帕少校

“好一个女人！”赫尔克里·波洛自言自语，“可怜的德斯帕！居然要忍受这些！多么可怕的旅程！”突然，他大笑起来。

他沿着布罗姆普顿路漫步了一段，然后停下脚步，掏出怀表算了算时间。

“啊，还来得及。反正让他等一会儿也没关系。我先去办另一件小事。英国的警察朋友们以前爱唱什么歌来着，多少年了，四十年前？‘喂小鸟吃一小块糖。’”

赫尔克里·波洛哼着早已被遗忘的调子，走进一间专卖女性服饰的豪华商店，来到女袜柜台前，找了一位看上去比较善良、不那么傲慢的女孩，说明他的要求。

“长丝袜？噢，有啊，我们这里有上好的款式，保证是真丝。”

波洛挥手表示不要，又费了一番口舌。

“法国丝袜？加上关税就很贵了啊。”

她又拿出好些盒子。

“很好，小姐，但我想要质地更精致的。”

“特级的当然有，但非常非常贵，而且不耐穿，简直像蜘蛛网那么容易破。”

“就是那种，对极了。”

这回售货员小姐去了很久，最后总算回来了。

“美极了，不是吗？”她从薄纱套中轻轻抽出质地最最细密、薄如蝉翼的丝袜。

“终于找到了！就要这种！”

“很漂亮吧？先生要多少双？”

“我要——我想想，十九双。”

柜台后的售货员差点晕过去，幸亏她习惯了顾客的轻慢，依旧站得笔直。

“买两打可以打折。”她轻声说。

“不，就要十九双。颜色最好稍微区别一下，拜托了。”

女孩遵照他的意思挑出十九双丝袜包好，写了账单。

波洛满载而归后，隔壁柜台的女售货员说：“不知道那个幸运的女孩子是谁？这家伙，肯定是个老不正经的东西。哎，她好像把他缠得结结实实啊。这么贵的丝袜，啧啧！”

波洛不知道店里的小姐们对他的人品评价极低，正慢吞吞地往家走。

他进门约半小时后，门铃响了。过了几分钟，德斯帕少校走进来，显然正竭力克制着满腔怒火。“你去找卢克斯摩尔太太，究竟想干什么？”他质问。

波洛微笑着：“我想你猜得到，我是去探听卢克斯摩尔教授之死的真相。”

“真相？你以为那个女人还能说出什么真相？”德斯帕怒不可遏。

“是啊，我也很怀疑。”波洛承认。

“我想你也看得出来，那个女人疯疯癫癫的。”

波洛提出异议。“不对吧，她只是沉溺于浪漫的幻想而已。”

“浪漫个屁！她是彻头彻尾的撒谎精。有时我觉得她连自己都能骗过去。”

“很有可能。”

“这个女人太可怕了。那次和她一起出游，简直让人生不如死。”

“这一点我完全相信。”

德斯帕猛然坐下。“听着，波洛先生，我跟你说实话。”

“你想解释当时的情况？”

“我的说法才是事实真相。”

波洛没回答。德斯帕平静地继续说道：“我明白，说了也不见得有什么用。但我肯如实相告，是因为事到如今没有别的办法。信不信由你。我无法证明我的说法才是事实。”

他沉默了片刻才又开口。

“我为卢克斯摩尔夫妇安排行程。老教授为人和蔼，对苔藓和各种植物相当着迷。而她则——哎，你肯定看出她是什么德行了！那次旅程简直是梦魇。我一点都不喜欢那个女人，事实上，我极其厌恶她。她的过分热情经常让我尴尬得浑身不自在。头两周倒还好，后来我们都发烧了，她和我的症状比较轻，但老教授的病情很严重。有天夜里，现在请你仔细听好——我坐在帐篷外面，突然远远望见老教授蹒跚着走向河边的灌木丛。他烧得迷迷糊糊，完全意识不到自己的举动。眼看他快掉进河里了，在那个位置坠河一定会淹死，根本没法救。当时跑去拦他已经来不及了，只有一个办法。我的步枪和平时一样放在身旁。我抓起枪。我有自信，凭我的枪法，可以命中他的腿，让他跌倒。我正要开枪，那白痴女人居然不知从哪儿扑到我身上，嚷嚷着‘别开枪，老天在上，千万别开枪’。她抓住我的手臂，轻轻一拉，子弹刚好出膛，结果正中老教授的后背，他当场死亡！

“那真是地狱般的一刻。那个愚蠢的女人竟然还不知道她闯了弥天大祸。她不仅没意识到自己该为丈夫的死负责，反而坚信我本来就想枪杀老教授——因为我爱她！你说这算什么！我们大吵一架，她非要对外宣称丈夫死于高烧，我很可怜她，特别是看她还搞不清状况。只要真相大白，她再想欺骗自己也没用了。结果她居然一心认定我爱她爱得如痴如狂，我真受不了。如果她到处宣扬这些，那就麻烦了。最后我只好同意照她的意思办。我承认，我是想换个清静。毕竟死于高烧和死于意外没什么区别。尽管这个女人蠢得无可救药，但我也不想让她经历种种难堪。第二天，我宣布教授因高烧不幸去世，为他举行了葬礼。几位抬尸人当然知道内情，不过他们对我很忠诚，如果有必要，无论我说什么，他们都肯宣誓作证。我们安葬了卢克斯摩尔教授，回到文明世界。此后我花了很多时间才躲开那个女人。”

他停下来，平静地说：“波洛先生，这就是我的说法。”

波洛慢慢地说：“那天晚饭时，夏塔纳先生提起的就是这件事，至少你是这么认为的吧？”

德斯帕点点头。“他一定是听卢克斯摩尔太太说的，要从她嘴里套出话来别提多容易了。这种事最对他的胃口。”

“这种把柄落到夏塔纳那种人手里，对你来说可能相当危险。”

德斯帕耸耸肩。“我不怕夏塔纳。”

波洛没答话。德斯帕又从容地说：“还有一句：没错，我完全有让夏塔纳去死的动机。好了，我已经言无不尽，信不信由你。”

波洛伸出手。“我相信你，德斯帕少校。我完全相信南美洲那件事的经过正如你刚才描述的那样。”

德斯帕两眼一亮。“谢谢。”他只说了这两个字，然后热情地握了握波洛的手。

第二十二章　来自康比埃克的证据

巴特尔警司正在康比埃克警局里了解情况。满面红光的哈普警督用悦耳的德文郡口音慢条斯理地说："事情经过就是这样。似乎看不出什么问题。医生没有异议，所有人也都没有异议。有什么不对劲吗？"

"再说说那两个瓶子。我想弄清楚一点。"

"一瓶是无花果糖浆，她好像是按时服用的。另一瓶是她一直使用的帽漆，准确地说是她的陪侍用来给她的一顶花园帽增色的。帽漆还剩很多，瓶子裂了，是班森太太自己吩咐：'倒进那个旧瓶子里吧，无花果糖浆的瓶子。'这很正常。仆人们都听见了。陪侍梅瑞迪斯小姐、做家务的女仆和客厅女仆的证词都一致。帽漆被装进了无花果糖浆的旧瓶子，跟其他杂物一起放在浴室里最高的架子上。"

"没贴一个新标签？"

"没有。实在太粗心了。验尸官强调了这一点。"

"接着说。"

"出事那天晚上，死者走进浴室，拿了瓶无花果糖浆，倒了一杯喝下去，才发现喝错了。家里人赶紧请医生，但医生出诊去了，过了一段时间才联系上。他们全力抢救，但她还是死了。”

“她自己也相信是意外？”

“噢，是啊，大家都这么想。不知怎么就搞混了瓶子。有人猜是不是女仆掸灰尘的时候放错的，但她发誓没有。”

巴特尔警司默默思索着。真是易如反掌。从上面的架子拿下一个瓶子，跟另一个对换。这种失误很难追查，很可能戴了手套，总之瓶子上最后的指纹一定属于班森太太本人。是啊，轻而易举，极其简单。但这仍是一次谋杀！完美的犯罪。

但动机是什么？这一点依然困扰着他——为什么杀人？

“班森太太死后，这位梅瑞迪斯小姐没分到遗产吧？”他问。

哈普摇摇头。“没有。她才去了六个星期左右。我想那个地方应该不好混，年轻女孩在那儿通常都待不了多久。”

巴特尔还是想不通。待不了多久，显然说明女主人不好相处。但如果安妮·梅瑞迪斯住不下去，大可以像前几任陪侍那样一走了之，没必要杀人，除非她纯粹是对女主人怀恨在心。他摇摇头。这个思路不太合理。

“分到班森太太遗产的都有谁？”

“我也不太清楚，她的侄子侄女吧。但是钱不多——

分了以后就不多了，听说她的大部分收入来自养老金。”

那就没什么可疑了。但班森太太死得突然，而安妮·梅瑞迪斯对她在康比埃克城待过这件事只字不提，这不免令人很不放心。

他不辞辛劳地走访了很多人。医生的结论十分清楚果断：没有理由认为班森太太的死不是意外；那位小姐——想不起她姓什么了，人很不错，但非常无助，当时她情绪低落，不堪重负。还有教区牧师，他对班森太太的最后一位陪侍还有印象：朴实的好女孩，经常陪班森太太去教堂。至于班森太太，人倒是不难相处，只不过对年轻人有点严厉。她是虔诚的基督徒。

巴特尔又找了几个人，却没打听到任何有价值的情报。安妮·梅瑞迪斯小姐几乎被遗忘了。她在当地住过几个月，仅此而已，而且她的个性并不鲜明，很难给人留下长久的印象。说来说去，只有“可爱的小姑娘”这种形容。

班森太太的形象则鲜明一点：自以为是、性格强势的女人，对陪侍们呼来喝去，又经常换仆人，人缘不怎么样，但也仅限于此。

然而，巴特尔警司离开德文郡的时候，直觉强烈地告诉他，安妮·梅瑞迪斯出于某种不为人知的原因，蓄意谋杀了她的雇主。

第二十三章　一双丝袜的证据

当巴特尔警司乘坐的火车驶向英格兰东部时，安妮·梅瑞迪斯和露达·达维斯正坐在赫尔克里·波洛的客厅里。

一早收到邮寄来的邀请函时，安妮不想赴约，最终露达说服了她。

“安妮，你真懦弱，没错，懦弱。学鸵鸟把脑袋埋进沙丘有什么用呢？既然发生了谋杀，你又是嫌疑人之一，也许是看上去最不像凶手的那一个——”

“那就糟了，”安妮调侃道，“看上去最不像凶手的人，往往才是真凶。”

“可你是例外，”露达不为所动，“所以别把鼻子翘得那么高，好像谋杀的味道太难闻，跟你无关似的。”

“本来就跟我无关。”安妮坚持说，“我的意思是，我愿意回答警方的任何问题，但这个人，这位赫尔克里·波洛，却是局外人。”

“如果你一味逃避，想撇得干干净净，他会怎么想？

他会以为你做贼心虚。”

“我当然没什么可心虚的。”安妮冷冷答道。

“亲爱的，我明白，你不可能杀人。但是多疑的外国佬哪懂这些？我看我们还是高高兴兴去他家一趟，否则他会跑来这里，找仆人们问东问西。”

“我们没有仆人。”

“可我们有艾斯特维尔太太，她跟谁都能说三道四！走吧，安妮，去吧，一定很好玩。”

“我不知道他为什么要见我。”安妮固执己见。

“当然是想抢在警方前面。”露达不耐烦地说，“他们都这样——我是指业余侦探，他们认定苏格兰场的人都是没脑子的饭桶。”

“你觉得波洛这个人聪明吗？”

“他看起来不像福尔摩斯。”露达说，“我猜他年轻时很厉害，现在当然老糊涂了。他至少六十岁了吧。噢，走吧，安妮，去会会这个老头儿。没准儿他会说起其他几个人的劣迹呢。”

“好吧。”安妮说完又补了一句，“露达，你真有兴致。”

“大概因为跟我无关吧。”露达说，“你真傻，安妮，偏偏没在关键时刻抬头瞄一眼。要不然只靠勒索，你下半辈子就可以过公爵夫人的奢侈生活了。”

于是，那天下午三点钟，露达·达维斯和安妮·梅瑞迪斯坐在波洛那整洁的客厅里，用旧式的玻璃杯喝黑莓汁。她们一点都不喜欢喝，却又不好拒绝。

“小姐，非常感谢你接受我的邀请。”

“能帮的忙我会尽量帮。”安妮低声答道。

“是关于记忆的小问题。”

“记忆？”

“是的，我已经拿这些问题去问过洛里默太太、罗伯茨医生和德斯帕少校。哎，没有一个人能给出我期待的答案。”

安妮依然疑惑地打量着他。

“小姐，我想请你回忆一下那天晚上夏塔纳先生家的客厅。”

一缕疲惫的阴影掠过安妮的脸庞。难道她永远摆脱不了那场噩梦吗？

波洛留意观察她的表情。

“我明白，小姐，我明白，”他和颜悦色地说，“我完全理解你的痛苦。这很正常，你这么年轻，第一次面对那么恐怖的场面。也许你从不了解、从没目睹过这种凶杀现场。”

露达的双脚在地板上不安地挪动着。

“嗯。”安妮说。

“请回忆当时的情形，告诉我，你印象中那个房间是怎样的？”

安妮疑虑重重地瞪着他。“我没听懂。”

“是这样，椅子、桌子、摆设、墙纸、窗帘、火钳……你全都看见了。不能描述一下吗？”

“噢，明白了。”安妮略一迟疑，皱皱眉，“挺难的，我可能记不清了。墙纸的式样我真说不上来，墙上好像刷了油漆，颜色不太明显。地上铺了地毯。有一架钢琴。”她摇摇头，“别的就真没印象了。”

“你没尽力啊，小姐。你肯定还记得某个东西，某件摆设，某个小玩意儿什么的？”

“我记得有一盒埃及珠宝，”安妮慢吞吞地说，“在窗户旁边。”

“噢，对，在房间另一头，离放匕首的桌子很远。”

安妮望着他。“我没听说匕首放在哪一张桌子上。”

她可不笨，波洛暗想，但赫尔克里·波洛也不傻！如果她更了解我一些，就会知道我从来不设这么明显的陷阱！

他大声问：“你说有一盒埃及珠宝？”

安妮热心地补充：“没错，有些珠宝非常漂亮，蓝的和红的，还有珐琅。一两个迷人的戒指，以及甲虫型的宝石。但我不太喜欢。”

“夏塔纳先生是个大收藏家。”波洛嘀咕着。

“那肯定啊，”安妮附和道，“屋里那么多东西，别人一下子怎么看得过来。”

“那么，你说不出什么特别引起你注意的东西了？”

安妮微笑着说："只有一瓶菊花，好久没换水了。"

"啊，是的，仆人们有时不太留意这些。"波洛沉默了一会儿。

安妮怯生生地说："恐怕我没注意到你想让我注意的东西。"

波洛和蔼地笑了笑："没关系，孩子，本来机会就不大。告诉我，你最近见过德斯帕少校吗？"

他发现女孩脸上泛出浅浅的红晕。

"他说很快还会再来看我们。"

露达气呼呼地插话："他不是凶手！安妮和我坚信这一点。"

波洛冲她们眨眨眼睛。

"他多么幸运啊，这么迷人的两位小姐都信任他。"

"天哪，"露达暗想，"这家伙显出法国人的本性来了，真让人尴尬。"

她起身开始欣赏墙上的几幅铜版画。"真不错啊。"她称赞道。

"确实不错。"波洛回答。

"小姐，"他望着安妮，踌躇了半晌才说，"不知道能否再请你帮个忙。噢，跟谋杀调查无关，完全是私事。"

安妮有些惊讶，波洛装出满脸尴尬的样子。"是这样，你知道，圣诞节快到了。我得给一大堆侄女、侄孙女买礼物。这年头要挑选年轻小姐喜欢的东西有点难。哎，我的眼光已经过时了。”

“然后呢？”安妮欣然问道。

“长丝袜，嗯，用长丝袜当礼物怎么样？”

“挺好的，收到丝袜会很开心的。”

“那我就放心了。有劳你，我买了一些不同颜色的丝袜，一共大概有十五六双，麻烦你每双都看看，帮我挑出六双你觉得最讨人喜欢的，好吗？”

“没问题。”安妮笑着站起来。

波洛领她来到壁龛里的一张桌子旁边，桌上的东西有点乱，但她并不了解赫尔克里·波洛对秩序和整洁那招牌式的癖好。桌上乱糟糟地堆着一些毛皮手套、日历和糖果盒。

“我要提前寄包裹，”波洛解释说，“你看，小姐，就是这些丝袜，拜托你帮我挑六双出来。”

他转身拦住跟过来的露达。

“至于这位小姐，我要请她看一件东西。梅瑞迪斯小姐，我猜你肯定不想看。”

“是什么？”露达追问。

他压低嗓门：“一把匕首，小姐，曾经有十二个人用它刺死一个男人。是国际列车公司送给我的纪念品。”

“好恐怖啊！”安妮惊呼。

“哇！让我瞧瞧。”露达说。

波洛边带她走向另一个房间边说：“国际列车公司把

它送给我，是因为——”

他们出去了。

三分钟后，他们回来了，安妮迎了上去。“波洛先生，我觉得这六双最漂亮，完美的黄昏色调。另外这种颜色浅一些，到了夏天，衬着傍晚的光线，会很迷人。”

“太感谢了，小姐。”

波洛又请她们喝黑莓汁，她们婉言谢绝了。最后他送她们到门口，边走边热络地聊着。客人走后，他回到客厅，直接动手整理乱成一团的桌子。那些丝袜依然胡乱堆放着。波洛数了数安妮挑出来的六双，又点了点剩下的丝袜。

之前他一共买了十九双，现在只剩十七双了。他缓缓点了点头。

第二十四章 排除三个凶手？

巴特尔警司一回伦敦就直接来找波洛。安妮和露达已经走了一个多小时。

警司二话不说，立刻将他在德文郡的调查结果复述了一遍。

“找到目标了，毫无疑问。”他总结道，“夏塔纳所谓的‘日常生活中的偶然事故’就是指这个。但动机很难想象。她为什么要害死女主人？”

“朋友，这一点我倒是有眉目了。”

“请讲，波洛先生。”

“今天下午我做了一个小试验。我请梅瑞迪斯小姐和她的朋友来这里，照例问她那天晚上房间里有什么东西。”

巴特尔好奇地注视着他。

“你还抓着这个问题不放啊。”

“嗯，而且很管用，让我掌握了不少线索。梅瑞迪斯小姐十分多疑，绝不会轻易卸下戒心。于是赫尔克里·波洛使出最妙的计策，故意设下拙劣的‘陷阱’。她提到一盒珠宝，我就说：‘在房间另一头，离放匕首的桌子很远？’她没上当，巧妙地绕开了。于是她深感得意，无形中放松了警惕。原来这次邀请的目的就是这个！想给她下套，让她承认知道匕首放在什么地方——我的意图被她发现了！她自以为击败了我，心情大好，于是大谈特谈那盒珠宝，可见她当时特别注意那些东西。但房间里的其他情况她都没印象了，只记得有一瓶菊花没换水。”

“嗯。”巴特尔说。

“嗯，这很有价值。假设我们对这个女孩一无所知，从她的言语中我们也不难窥见她的性格。她对花很在意——所以她喜欢花？不，那个房间里有一大盆早开的郁金香，按理说爱花的人不至于错过，但她却没提及。不，她是以一个领薪水的陪侍的身份发言的——为瓶里的花换水是她从前的职责。而且这个女孩喜欢珠宝，特别关注珠宝。这不是很有启发吗？”

“嗯，”巴特尔说，“我逐渐明白你的用意了。”

“没错，按我前几天说的，我会亮出所有底牌。那天你介绍她的履历时，奥利弗太太突然语出惊人，我立刻联想到一个重要问题。那次谋杀应该不是谋财害命，因为班森太太死后梅瑞迪斯小姐仍然需要继续工作来维持生计。那她的动机是什么？我研究了梅瑞迪斯小姐显示出来的性格特征。她生性怯懦，缺钱花，衣着却很讲究，喜欢浮华的东西。这种人与其说会杀人，倒不如说做贼的可能性更大吧？我立刻问埃尔顿太太平时的生活习惯怎么样，你说她比较粗心，于是我有了一个假设。如果安妮·梅瑞迪斯小姐存在人格缺陷——有在大商场顺手拿点小东西的癖好；假设这位贫穷的小可爱有一两次私自拿了雇主的东西，比如胸针、一两枚银币、一串珠子什么的；散漫、不爱整理东西的埃尔顿太太或许会将丢东西归咎于自己的粗心大意，不会怀疑温柔的小保姆。但如果雇主的性格不同——比方说一个特别细心的人，没准就会指控安妮·梅瑞迪斯是小偷。这可能成为她的杀人动机。那天晚上我说过，梅瑞迪斯小姐只会因恐惧而杀人。她知道雇主会指证她盗窃；只有一种自救的办法，她的雇主一定得死。于是她把瓶子掉了包，班森太太死了，至死都以为是自己弄错了，完全不怀疑吓得魂不守舍的陪侍女孩动过手脚。”

“有可能，”巴特尔警司说，“虽然只是假设，却很有可能。”

“朋友，不仅有可能，而且可能性非常大。今天下午我还设下了一个巧妙的小圈套——在她躲过假圈套之后，还有一个真正的圈套。如果我的怀疑是正确的，安妮·梅瑞迪斯必然无法抗拒一双昂贵的真丝长袜！我请她帮个小忙，故意表露出我其实不太清楚到底有多少双丝袜。然后我走出房间，留下她一个人——朋友，结果我的十九双丝袜变成了十七双，另两双进了安妮·梅瑞迪斯的手提包。”

“哟！”巴特尔警司吹了一声口哨，“真敢冒险啊。”

“一点儿也不。她认为我怀疑她什么？谋杀。那偷一两双丝袜有什么大不了的？我又不是去抓贼。何况小偷或者有偷窃癖的人总以为可以掩人耳目。”

巴特尔点点头。

“确实如此，蠢得令人难以置信，一次得手难道次次都能得手？唔，我看真相已经一目了然了。安妮·梅瑞迪斯小偷小摸的毛病被雇主发现，于是她将瓶子从一个架子挪到另一个架子上。我们知道这是谋杀，但根本没法证明。这是第二桩成功的犯罪了。罗伯茨逃脱了法网，安妮·梅瑞迪斯也逃脱了法网。但夏塔纳一案呢？杀死夏塔纳的凶手是安妮·梅瑞迪斯吗？”

他沉默了一会儿，然后摇摇头。“不对劲，”他闷闷不乐地说，“她不太敢冒险。调包两个瓶子。可以。她知道没人会怀疑到她，安全得很，因为任何人都有机会下手！当然，她未必能得手。可能班森太太喝之前就发现拿错了瓶子，也可能喝了却没死。这就是我所谓的‘期待型’谋杀，成功与否存在不确定因素。而事实上她成功了。然而夏塔纳一案的情形截然不同，凶手经过深思熟虑，下手时极为大胆，而且目标非常明确。”

波洛点点头。“我同意。两个案子的性质不同。”

巴特尔揉揉鼻子。“所以，似乎可以排除她在这一案中的嫌疑。罗伯茨和安妮·梅瑞迪斯都排除了。德斯帕呢？你探访卢克斯摩尔太太有收获吗？”

波洛介绍了昨天下午的奇遇。

巴特尔咧咧嘴。“我知道那种女人，你根本分不清哪些话是她们的真实回忆，哪些是信口胡编。”

波洛继续介绍了德斯帕来访的经过，以及他的证词。

“你相信他吗？”巴特尔突然问。

“我信。”

巴特尔叹了口气：“我也信。他不是那种看上别人的太太就开枪杀人的类型。打官司离婚不就行了？那种事天天都在发生，而且他又不担任公职，不会因此毁掉前途。不，我认为夏塔纳先生看走了眼，这第三号凶手其实并不是凶手。”

他看着波洛。

“那么剩下的是——”

“洛里默太太。”波洛说。

电话铃响了，波洛起身去接。他说了几句，等了一会儿，又说了几句。随后他挂了电话，回到巴特尔旁边。

他一脸严肃。

“是洛里默太太，”他说，“要我去找她，现在就去。”

他和巴特尔四目相对，然后缓缓摇头。

“难道我弄错了？”巴特尔说，“你料到这一步了吗？”

“我感觉很奇怪，”赫尔克里·波洛说，“仅此而已，很奇怪。”

“你最好去一趟，”巴特尔说，“也许可以直接问出真相。”

第二十五章　洛里默太太如是说

天气不太好，洛里默太太的房间光线暗淡，略显凄凉。她也形容憔悴，显得比上次波洛来访时衰老许多。

她依然带着自信的微笑招呼了波洛。

“谢谢你这么快赶来，波洛先生，我知道你是大忙人。”

“乐意效劳，夫人。”波洛微鞠一躬。

洛里默太太按了壁炉旁的电铃。

“边喝茶边聊吧。不知你怎么想，但我觉得不先铺垫一番，直接就谈机密话题，不太合适。”

“那么我们要谈的是机密话题？”

此时女仆应铃声而来，洛里默太太便没答话。女仆听了吩咐走后，她才不动声色地说：“还记得吗，上次你说只要我邀请，你就来。想必你已经猜到我今天请你过来的原因了吧？”

话题暂时告一段落。茶端来了，洛里默太太边倒茶边机敏地聊起当天的时事逸闻。

波洛见缝插针："听说前几天你和梅瑞迪斯小姐一起喝茶。"

"是啊。你最近见过她？"

"今天下午刚见过。"

"她在伦敦？还是你去了沃林福德？"

"不，她和她的朋友赏脸来探望我。"

"啊，那位朋友。那天我没碰上。"

波洛微笑道："这次案件倒是促成了几段交情。你和梅瑞迪斯小姐一起喝茶，德斯帕少校也和梅瑞迪斯小姐有来往。唯一例外的只有罗伯茨医生。"

"前几天我打桥牌时还遇到他，"洛里默太太说，"他还是一副乐天派的样子。"

"还那么爱打桥牌？"

"是啊，叫牌还是胆大得离谱，但经常得手。"

她沉默了一会儿，才说："你最近见过巴特尔警司吗？"

"也是今天下午见过。你来电话时，他就在我旁边。"

洛里默太太用手挡住映在脸上的炉火光芒。"他的进展如何？"

波洛正色答道："巴特尔的动作不快，夫人。但他一点一滴查下来，总算也有些眉目了。"

"是吗？"她的嘴唇微翘，略带讽刺之意。

她又说："他没少盯着我呀。估计把我从少女时代到现在的经历都挖了个遍。他找我的朋友打听，又和我的仆人聊天——包括我现在的和以前的仆人。我不知道他想查什么，但他肯定一无所获。还不如直接听我说的版本，我说的全是实话。我跟夏塔纳先生没什么交情。我说过是在卢克索认识他的，点头之交而已。巴特尔警司总不能否定这些事实。”

“也许是吧。”波洛说。

“你呢，波洛先生？你没调查吗？”

“调查你，夫人？”

“我正是这个意思。”

矮小的老头缓缓摇着头。

“那样没用。”

“你这么说是什么意思，波洛先生？”

“我就直说了吧，夫人。从一开始，我就发现那天晚上在夏塔纳先生房间里的四个人当中，你的头脑最好，最冷静，最富逻辑。如果要我赌一把，这四人当中有谁能策划一次谋杀，并且全身而退，我一定会把赌注压在你身上。”

洛里默太太眉毛一挑。

“我该受宠若惊吗？”

波洛无视她的打岔，继续说下去：“要想成功执行一次谋杀，通常必须预先构思好每一步细节，考虑一切可能的偶然因素。时间务必精确无误，地点务必精挑细选。罗伯茨医生或许会因为过于自信而仓促动手；德斯帕少校或许会因为过于慎重而下不了手；梅瑞迪斯小姐也许会晕头转向而暴露自己；而你，夫人，绝不至于如此。你头脑清醒、冷静，足够果敢，你的决心将会压倒瞻前顾后的种种顾虑。而且你不是那种会丧失理智的女人。”

洛里默太太沉默地坐了一两分钟，唇边挂着古怪的笑容。最后她说：“原来如此，波洛先生，你认为我是那种能实行完美谋杀的女人。”

“至少你对这一看法并不反感。”

“真有意思。所以你觉得只有我能成功地谋杀夏塔纳。”

波洛缓缓答道：“这里有些小问题，夫人。”

“是吗？我洗耳恭听。”

“你可能注意到了我刚才的一句话：要想成功执行一次谋杀，通常必须预先构思好每一步细节。请注意‘通常’这两个字。还有另一种成功的犯罪模式。如果你突然对人说：‘扔一块小石头，看看能否打中那棵树。’那人不假思索，立刻动手，成功率往往非常高。但如果他再试一次，就没那么容易了。因为他开始盘算：‘用这样的力道就可以了——不要太重，稍微往右一点，再往左。’而第一次成功时的动作是下意识的，几乎条件反射般，跟动物的反应十分相似。夫人，这种犯罪，是一时冲动，灵感突现，天才的光芒瞬间闪动，没有时间犹豫或思考。夫人，谋杀夏塔纳先生的罪行正属于这一类。杀意起得突然，灵光乍现，迅速下手。”

他摇摇头。“夫人，这根本不是你可能犯下的那种罪行。如果你想杀夏塔纳先生，一定是蓄谋已久。”

“我明白了。”她的手轻轻摇摆，挥开炉火投在脸上的热量，“当然，这不是预谋行凶，所以凶手不可能是我。呃，波洛先生？”

波洛又鞠一躬。“是的，夫人。”

“可是——”她上身前倾，挥动的手停住了，“的确是我杀了夏塔纳，波洛先生。”

第二十六章　真相

沉默，长久的沉默。房间里越来越暗，炉火跃动着、闪烁着。洛里默太太和赫尔克里·波洛的视线都没有投向对方，而是凝望着火光。时间仿佛暂时停止了流动。最后赫尔克里·波洛长叹一声，稍稍挪动了一下身体。“原来是这么回事，一直是这么回事。你为什么要杀他，夫人？”

“我想你知道我的动机，波洛先生。”

“因为他了解你的一些事？很久以前的事？”

“是的。”

“那件事是——另一起死亡事件吗，夫人？”

她垂下头。

波洛轻声问：“你为什么要告诉我？今天为什么找我来？”

“你说过，我总有一天会这么做。”

“是的，那是我的希望。夫人，我很清楚，只有一个办法可以查出你的过去，那就是靠你自己的意愿。如果你不想说，就会守口如瓶，你的秘密将永远尘封。但至少有一线机会——也许你愿意开口。”

洛里默太太点点头。“你的确有先见之明。那种倦意，那种寂寞——”

她的声音越来越低。

波洛好奇地审视着她。“真的是这样？嗯，我能理解。”

“孤独，无尽的孤独。没有人能了解，除非他跟我一样，背负着过去，苟活下来。”

波洛温和地说：“我可以略表同情吗？会不会很失礼？”

她微微低下头。“谢谢你，波洛先生。”

又一阵沉默，然后波洛的语气稍明快了些：“如果我没猜错的话，夫人，你认为夏塔纳先生晚餐时说的那番话，是在直接威胁你？”

她点点头。“我立刻领悟到他那番话是说给有心人听的，那个人就是我。所谓‘毒药是女人的武器’正是暗示我。他知道。以前我就怀疑过。他曾故意提起一场著名的审判，当时他牢牢盯着我，目光中带着某种怪诞的暗示；而到了那天晚上，我完全确定了。”

“而且你也预料到他下一步的打算。”

洛里默太太冷冷地答道：“巴特尔警司和你都在场，这绝不是巧合。我想夏塔纳是要向你们炫耀，表示他发现了不曾被人怀疑过的犯罪。”

“你用了多长时间作决定，夫人？”

洛里默太太有些迟疑。

“很难回想我具体是在什么时候产生那个念头的。”她说，“晚餐开始之前我就注意到了那柄匕首。回客厅时，我偷偷拿起来藏进袖子里，没被人发现。我很有把握。”

“毫无疑问，夫人，你的动作非常迅捷。”

“我已下定决心，只需付诸实践就可以了。风险固然很大，但我认为值得一试。”

“你的冷静，你对局势的精确判断……发挥了作用。嗯，我明白。”

“我们开始打牌，”洛里默太太的声音冰冷而不带感情，“终于等到了机会。那一局我是明手，我慢慢走到房间对面的壁炉旁，夏塔纳正在打瞌睡。我看了看另外三人，他们正专心打牌，我俯下身，动手——”

她的声音微微颤抖，但转瞬间又变回原来的超然淡定。

“我跟他说话，心想可以借此来制造不在场证明。我故意提到炉火，假装他回答了，然后又说了两句‘是啊，我也不喜欢电暖气’之类的。”

“他完全没叫？”

“没有。他好像闷哼了一声，仅此而已。估计在远处听起来像小声说话。”

“然后呢？”

“然后我回到牌桌边。他们正在打那局的最后一墩。”

“你坐下来接着打？”

“是的。”

“依然能够对牌局全神贯注，甚至两天后还能回忆起每一局的叫牌和出牌。”

“是的。”洛里默太太说。

“太惊人了！”赫尔克里·波洛说。

他往椅背上一靠，点了几次头，随即神色一变，又摇了摇头。

“但我还有点想不通，夫人。”

“嗯？”

“我总感觉忽略了什么。你是个思虑周全、事事都反复衡量的人。出于某种原因，你决定冒巨大的风险。你尝试了，也成功了。然后，不出两星期，你却改变了心意。夫人，坦白说，这很难令我信服。”

她的唇角古怪地微微抽动起来。

“说得很对，波洛先生，你确实忽略了某个因素。梅瑞迪斯小姐有没有告诉你，前几天她是在什么地方遇到我的？”

“没记错的话，她说是在奥利弗太太家附近。”

“应该是吧。但我指的是确切的街名。安妮·梅瑞迪斯是在哈利街遇到我的。”

“啊！”波洛凝视着她，“我有些明白了。”

“嗯，不愧是波洛先生。当时我是去找一位专科医生看病。他证实了我心里的怀疑。”

她的笑容绽开了，不再显得扭曲和苦涩，反而变得异常甜美。“我打不了多久桥牌了，波洛先生。噢！医生没说那么多，他比较委婉，说是如果我精心保养的话，也许还能活好几年。但我不愿意战战兢兢地过日子，我不是那种女人。”

“嗯，嗯，我慢慢了解了。”波洛说。

“这就有很大区别了。所以我最多只能再活一个月，也许两个月，不可能更久。刚从医生那里出来，我就碰见了梅瑞迪斯小姐。我请她一起喝茶。”

她稍一停顿，又说：“我毕竟不是一个无可救药的恶毒女人。喝茶时我一直在思考。那天晚上我的举动，不仅已经无可挽回地夺走了夏塔纳的生命，而且深深影响了其他三个人的生活。因为我的所作所为，罗伯茨医生、德斯帕少校和安妮·梅瑞迪斯，这些未曾伤害过我的人都经受了折磨，甚至身处险境。仅就这一点而言，至少我还可以补救。我倒不太担心罗伯茨医生或德斯帕少校的麻烦，虽然他们面对的人生道路远比我长得多。他们是男人，可以自己照管自己。但当我望着安妮·梅瑞迪斯的时候——”

她又踌躇了一会儿，才慢慢说：“安妮·梅瑞迪斯还是个孩子，她的人生还没有真正开始，这件事也许会毁了她的一生。这个念头让我很不舒服。于是，波洛先生，这个想法在我心里盘桓了很久，我明白那天你的话应验了。

我无法继续保持沉默，所以今天下午我给你打电话——”

时间一分一秒过去。赫尔克里·波洛上身前倾，透过渐深的暮色，仔细端详着洛里默太太。她也同样静静地凝视他，泰然自若。

终于，波洛说：“洛里默太太，你确定——请如实告诉我，谋杀夏塔纳先生真的不是预谋在先？你真的没有事先策划？一开始去赴宴时，你并没有抱着杀心？”

洛里默太太瞪着他好一会儿，使劲摇头：“没有。”

“这次谋杀不在你的计划之内？”

“那当然。”

“那么，那么，噢！你撒谎，你一定在撒谎——”

洛里默太太的声音如冰刃般刺穿空气。

“真的，波洛先生，你太忘乎所以了。”

“小个子”猛地跳起来，在房中来回踱步，口中念念有词，不时迸出几个单词。突然他说了声“不好意思”，然后走过去开了电灯。

他返身坐回椅子里，两手按住膝盖，直盯着女主人。

“问题是，”他说，“难道赫尔克里·波洛有可能弄错？”

“没有人能永远正确。”洛里默太太冷冷答道。

“不，”波洛说，“我永远正确，从来如此，这确实令人难以置信。可现在，看上去我好像真的错了，这让我很不舒服。人们会假设你很清楚自己都说了什么，毕竟是你一手制造的谋杀啊！但不可思议的是，赫尔克里·波洛居然比你更了解你的作案经过。”

“不可思议，而且极为荒谬。”洛里默太太的声音更加冷淡。

“那么，是我疯了。我肯定疯了。不，对天发誓，我没有疯！我是正确的，我一定是正确的。我愿意相信你杀了夏塔纳先生，但不可能用你刚才描述的那种方式。一个人的行为不可能违背他的个性！”

他停住了。洛里默太太愤怒地深吸一口气，紧咬嘴唇。她刚要开口，波洛就抢先说：“要么你早已计划好谋杀夏塔纳，要么你根本没杀他！”

洛里默太太厉声反驳：“我看你真的疯了，波洛先生。既然我愿意承认谋杀，当然不可能隐瞒杀人的方式，否则又有什么意义？”

波洛又起身在房中兜了一圈，回到座位上时，态度为之一变，变得既温和又亲切。

“你没杀夏塔纳，”他轻声说，“我明白了。我全都明白了。哈利街。孤零零站在人行道上的小安妮·梅瑞迪斯。我也看见了另一个女孩，很久很久以前，曾孤身一人、形单影只地走过漫漫长路的另一个女孩。是的，我完全明白了。但还有一个问题我不懂，为什么你如此肯定凶手是安妮·梅瑞迪斯？”

“真的，波洛先生——”

“再争辩也没用，别对我撒谎了，夫人。告诉你，我知道真相。我理解那天在哈利街涌上你心头的那种感情。你不会为罗伯茨医生顶罪——噢，不！你也不会为德斯帕少校挺身而出。可是安妮·梅瑞迪斯不一样。你同情她，是因为她做了你当年做过的事。你甚至还不清楚——这是我的猜测——她的动机究竟是什么，但你非常肯定她就是凶手。案发那天晚上，巴特尔警司请你谈谈对这个案子的看法，其实当时你已经心中有数了。是的，我都知道。所以再对我撒谎是没用的。你明白了吗？”他停下来，等待回应，但洛里默太太不作声。他满意地点点头。

“是的，你的判断很准确，这很难得。你的行为非常高尚，夫人，自己揽下罪责，让那个孩子得以解脱。”

“你忘了，”洛里默太太淡然答道，“我并不是无辜的女人。波洛先生，多年前我杀死了我的丈夫。”

片刻的沉寂。

“原来如此，”波洛说，“这符合正义，也仅仅是正义。你富于逻辑思维，愿意为当年的罪行承担责任。谋杀就是谋杀，无所谓被害人是谁。夫人，你很勇敢，而且心明眼亮。但我再问一次，你为什么如此肯定？你怎么知道杀死夏塔纳先生的凶手就是安妮·梅瑞迪斯？”

洛里默太太深深叹息。在波洛的坚持面前，她放弃了最后的抵抗。她像个孩子那样，直接回答了他的问题。

“因为，”她说，“我亲眼看见了。”

第二十七章　目击证人

波洛突然失控地放声大笑。他的头朝后仰，高亢的法式笑声充盈着整个房间。“对不起，夫人，”他边揉眼睛边说，“我失态了。我们又是争论，又是推理，到处问问题！我们还诉诸心理学理论——结果到头来，竟然有一位目击证人！请你一五一十说给我听吧，拜托。”

“当时已经很晚了，安妮·梅瑞迪斯是那一局的明手。她起身看搭档的牌，然后在屋里逛了逛。那一局没什么意思，局势一目了然，没必要认真研究。打到最后三墩时，我抬头朝壁炉的方向看了一眼。安妮·梅瑞迪斯正俯身对着夏塔纳先生。我望去的那一刻她刚好直起身——她的手搁在他胸前，那个动作令我吃了一惊。她直起身时我看见了她的表情，她迅速往我们这边一瞥，神色中饱含着负罪感和恐惧。当然，我当时还不知道出了什么事，只是纳闷那女孩究竟在干什么，后来我才明白。”

波洛点点头。“但她不知道你是知情人，不知道你发现了她？”

“可怜的孩子，”洛里默太太说，“她还年轻，却已经是惊弓之鸟，她还有很长的人生路要走。我为她保密，你觉得奇怪吗？”

“不，不，不会。”

“何况又意识到我，我自己——”她耸耸肩，没说完，“我又有什么资格指控她呢？那是警方的工作。”

“没错，但今天你又更进一步。”

洛里默太太黯然答道：“我从来不心软，从来不爱滥施同情，但是人上了年纪，难免慢慢染上这种毛病。请相信，我很少被同情心操纵。”

“同情心的指引未必可靠，夫人。安妮小姐年轻、脆弱，看上去羞怯而慌张，噢，是的，她似乎很值得同情。然而我不同意。夫人，想不想听听安妮·梅瑞迪斯小姐为什么要杀夏塔纳先生？因为他知道她以前当陪侍时做的事：她小偷小摸的毛病被女主人发现了，于是就害死了女主人。”

洛里默太太颇为震惊。

“这是真的吗，波洛先生？”

“毫无疑问。她那么温顺，那么低调，大家都这么说。呸！夫人，小安妮·梅瑞迪斯非常危险！为了自己的安全和舒适，她会凶狠地、狡诈地暗算别人。两次谋杀对安妮小姐来说绝不是终点，她会越来越有自信。”

洛里默太太厉声说：“你的话太恐怖了，波洛先生，太恐怖了！”

波洛站起身。“夫人，我该告辞了，好好想想我说的话。”

洛里默太太似乎有些迟疑。她勉力维持着原有的气度：“如果我愿意，波洛先生，我会彻底否定我们刚才这番谈话。记住，你没有证人。我刚才所说的案发当晚的情形——嗯，仅限于你知我知。”

波洛正色答道：“夫人，未经你同意，我不会采取行动。请放心，我自有办法。现在我知道下一步该怎么办了——”

他将她的手举到唇边。

“恕我冒昧，夫人，你是全天下最了不起的女人。向你致以我最高的敬意。没错，千里挑一的奇女子。啊，你甚至没做另外九百九十九个女人忍不住会做的事。”

“什么事？”

“你没说出除掉你丈夫的原因，没有辩称他根本就该死！”

洛里默太太强打起精神。

“说真的，波洛先生，”她冷冷地答道，“我的动机与别人完全无关。”

“了不起！”波洛称赞道。他再次将她的手举到唇边，然后转身离去。

外面很冷，波洛东张西望，却没找到出租车。他慢慢朝国王路的方向走，边走边冥思苦想。他时而点点头，又摇了一次头。

他回头张望。有人踏上洛里默太太家门前的台阶，那身材很像安妮·梅瑞迪斯。他踌躇片刻，不知该不该转身，但最后还是继续前行。

回到家，巴特尔警司已经走了，没留口信。他打电话给警司。

“喂，”听筒里传出巴特尔的声音，“有收获吗？”

“收获不小。朋友，我们得盯紧梅瑞迪斯小姐，事不宜迟。”

“我已经盯住她了。为什么这么急？”

“朋友，因为她可能是个危险人物。”

巴特尔沉默了片刻，然后说：“我懂你的意思。但现在人手紧张，噢，好吧，不能抱侥幸心理。其实我给她写了封信，公事公办的口吻，说明天要去拜访她。让她担惊受怕一下也好。”

“至少有这种可能。我能一起去吗？”

“当然可以。很荣幸与你同行，波洛先生。”

波洛挂了电话，陷入沉思。

他心神不定，在壁炉前坐了很久，眉头紧锁。最后，他将种种不祥的预感和深深的疑惑推到一边，上床睡觉。

“明早再说吧。”他喃喃自语。

但第二天一早的巨变，却彻底出乎他的意料。

第二十八章　自杀

电话铃声响起时，波洛正坐着喝咖啡、吃面包卷当早饭。他拿起听筒，里面传来了巴特尔的声音：“波洛先生？”

“嗯，是我。有什么事？”

警司的语气令他本能地意识到，肯定出事了。那种不祥的预感再度袭上心头。

“快点儿，朋友，快说。”

“是洛里默太太。”

“洛里默——怎么了？”

“你昨天究竟跟她说了些什么？还是她跟你说了些什么？你根本没告诉我，结果我以为我们的目标是梅瑞迪斯小姐。”

波洛低声问：“发生了什么？”

“自杀。”

“洛里默太太自杀了？”

“对。她最近似乎情绪低落，完全变了一个人。医生给她开了些安眠药，昨晚她服药过量。”

波洛深吸一口气。

“不可能是——意外吗？”

“不可能。已经有结论了。她给那三个人写了信。”

“哪三个人？”

“另外那三人——罗伯茨、德斯帕和梅瑞迪斯小姐。她十分坦诚，一点儿也不拐弯抹角，在信里直接说她想做个了结，承认是她杀了夏塔纳，还特意致歉！致歉！因为这个案子给另外三人带来了不便与烦恼。跟商务信函的行文一样不带感情。非常符合那个女人的性格，她历来冷静。”

波洛有好一会儿没答话。

那么这就是洛里默太太的遗言。到头来，她依然下决心掩护安妮·梅瑞迪斯。宁可毫无痛苦地早早辞世，也不愿在煎熬中多活几年。而且她最后的行为也那么无私，试图拯救一个她暗中抱有同情的少女。一切都安排得如此干脆、高效、不动声色，特意向受牵连的三个人宣布她自杀的消息。了不起的女人！他深深地敬佩她。这确实是洛里默太太的作风，当机立断，并且将决定坚决贯彻到底。

他曾打算说服她，但她显然更信赖自己的判断。意志极为坚强的女人。巴特尔的声音打断了他的思绪。

“你昨天究竟跟她说了些什么？她肯定被你唬住了，才走了这条路。但你后来又暗示说梅瑞迪斯小姐才是最大的嫌疑人。”

波洛半晌无言。他感到，洛里默太太的意志在生前无法制约他，死后反而奏效了。

最后，他慢慢地说：“我弄错了。”

他非常不习惯说这种话，感觉很糟。

“你弄错了，呃？”巴特尔说，“不管怎么说，她肯定以为你已经锁定她了。可恶，她居然用这种方式从我们的手指缝里溜过去。”

“你没有证据指控她。”波洛说。

“是啊，的确。也许这样最好。你，呃，你应该没有故意逼她自杀吧，波洛先生？”

波洛愤慨地否认了。然后他说：“告诉我详细经过。”

“罗伯茨医生八点前拆了信，立刻就开车赶去，叫他的客厅女仆跟我们联系，她照办了。他赶到洛里默太太家，发现她还没起床，就冲进卧室，但已经太晚了。他尝试了人工呼吸，没用。没过多久，局里的法医也到达现场，证实了罗伯茨的结论。”

“用的是哪种安眠药？”

“我想是弗罗那。总之是巴比妥类的安眠药。她床头有一瓶药片。”

“其他两人呢？有没有和你联系？”

“德斯帕不在市区，还没收到今早的邮件。”

“那——梅瑞迪斯小姐呢？”

“我刚刚给她打过电话。”

“哦？”

“她接电话前几分钟刚拆开信。她家的邮件比较迟。”

“她的反应如何？”

“态度很正常。得体地掩饰了松一口气的心态，表现出震惊和悲伤，等等。”

波洛稍一停顿，才说：“朋友，你现在在哪里？”

“奇尼小区。”

“好，我马上到。”

波洛赶到奇尼小区洛里默太太家，刚进前厅，就遇上正要离去的罗伯茨医生。医生平时那种夸夸其谈的作风今天早上消失了。他脸色苍白，微微发抖。

“太可怕了，波洛先生。从我的立场来说，不能不承认心里一块石头落了地——但说实话，我吓了一大跳。我从来没想过刺死夏塔纳的人会是洛里默太太。我太震惊了。”

“我也很震惊。”

“这样一个文静、有修养、自制力很强的女人。无法想象她能下这种狠手。不知道她的动机是什么？噢，算了，那是永久的秘密了。不过说实话，我还是有些好奇。”

“这一定让你如释重负吧。”

“噢，那肯定，不承认这一点未免太虚伪了。背上谋杀的嫌疑可不怎么舒服。至于这个可怜的女人——哎，这无疑是最好的解脱。”

“她自己也这么想。”

罗伯茨医生点点头。“她经受不住良心的谴责吧。”他边说边走出去了。

波洛若有所思地摇摇头。医生弄错了。洛里默太太并不是因悔恨才自杀的。

他在楼梯上停下来安慰低声啜泣的老女仆。

“真可怕，先生，太可怕了。我们都那么爱戴她。昨天还跟她一起轻轻松松、高高兴兴地喝茶，今天她就走了。我永远忘不了今天早晨，这辈子都忘不了。医生按门铃。按了三次我才去开门。他冲我吼叫：‘你家女主人呢？’我吓坏了，什么都说不出来。女主人按铃之前我们从来不进去打扰她——这是她的规定。我说不出话，医生问：‘她的房间在哪里？’然后就冲上楼。我跟在后面，指了指那扇门，他没敲门就冲进去，看到她躺在床上，他说：‘太迟了。’先生，她死了。他叫我去拿白兰地和热水，自己拼命抢救她，可是没用。然后警察来了——这也太、太不体面了，先生。洛里默太太会不高兴的。叫警察干什么？就算出了意外，我们家可怜的女主人误吃了过量的药，也不关警察的事啊。”

波洛没回答她的问题，而是问道：“昨晚你家女主人一切正常吗？有没有表现出心情不好或者担心什么事的样子？”

“不，我想没有，先生。她很累，好像身上什么地方在疼。先生，她最近身体不太好。”

“嗯，我知道。”

他那同情的语气，促使女仆继续往下说。

“她这人从来不抱怨什么，先生，但厨师和我最近都很担心她。她的精神不像从前那么好，而且很容易疲劳。昨天您走以后，那位小姐又来过，我想她可能吃不消。”

波洛前脚刚踏上一层楼梯，立刻又扭头。

“小姐？昨晚有位小姐来过？”

“是的，先生，您刚走她就来了，是梅瑞迪斯小姐。”

“她在这里待了很久吗？”

“大约一小时，先生。”

波洛沉吟片刻，又问：“后来呢？”

“后来女主人上床了。晚餐是在床上吃的，她说她很累。”

波洛又沉默了片刻才问：“昨晚你家女主人有没有写信？”

“您说她上床以后？我想没有，先生。”

“但你不能确定？”

“先生，大厅的桌上已经有几封准备寄出去的信，我们关门之前都会先把信送走。但是那几封信白天就放在那里了。”

“一共有几封？”

“两三封吧，我不敢确定，先生。应该是三封。”

“你或厨师——总之寄信的人有没有注意收信人是谁？别怪我多嘴，这很重要。”

“信是我去寄的，先生。我看了最上面那封，是寄给福特纳姆和梅森公司[①] 的。另外两封我不知道。”

女仆的语气既认真又诚恳。

“你确定最多只有三封信？”

“是的，先生，完全肯定。”

波洛严肃地点点头，又踏上一层楼梯，然后问：“你应该知道你家女主人有吃安眠药的习惯吧？”

“噢，是的，先生，是医生开的药，朗恩医生。”

“安眠药放在什么地方？”

“女主人卧室的小橱柜里。”

波洛不再提问。他上了二楼，神情凝重。

他在楼梯口遇到了巴特尔。警司忧心忡忡，颇为烦恼。

“幸好你来了，波洛先生，这位是戴维森医生。”

医生和波洛握了手。他个头很高，神情忧郁。

“很不走运，”他说，“早来一两个小时的话，也许能抢救过来。”

“唔，”巴特尔说，“虽然这么说不太妥当，但我其实不怎么难过。她——好吧，她很有教养，我不知她为什么

①伦敦知名的高级百货商店，始于一七〇七年。

要杀夏塔纳，但她也许有她的正当理由。”

“其实她不一定能活到庭审的时候，”波洛说，“她患了重病。”

医生点头同意。

“你说得对。哎，也许这样最好。”

他走下楼梯。巴特尔跟在后面。

“等一等，医生。”

波洛按着卧室房门，低声问：“我可以进去吗？”

巴特尔转身点点头。“没问题，我们都检查过了。”于是波洛走进去，关上门。

他走到床边，俯视死者安详的面容，心中深感不安。她的死，是为了拯救一个女孩远离死亡和屈辱的最后努力吗？抑或意味着另一种更可怕的答案？

一定有证据。

突然，他低头开始检查尸体手臂上一小块深色的瘀斑。不一会儿，他直起身，眼中浮现出猫一般精明的光芒，但凡了解他的人都认得那种表情。他迅速走出房间，下了楼。巴特尔和一名手下站在电话旁边。那位警员放下听筒说：“他还没回来，长官。”

巴特尔说：“是德斯帕。我一直在联络他。有一封盖了切尔西邮戳的信要给他。”

波洛突然问了个莫名其妙的问题：“罗伯茨医生来之前吃过早餐吗？”

巴特尔瞠目结舌："没有，我记得他说没吃早餐就赶来了。"

"那他现在一定在家。我们先联系他。"

"但是为什么？"

波洛已经匆匆开始拨号了。

"罗伯茨医生？接电话的是罗伯茨医生吗？是的，我是波洛。只问一个问题：你认不认识洛里默太太的笔迹？"

"洛里默太太的笔迹？我——不，以前我没见过她的字。"

"谢谢。"

波洛立即放下听筒。

巴特尔瞪着他。

"你想到什么要紧事了，波洛先生？"他小声问。

波洛抓住他的手臂。

"听着，朋友，昨天我离开这里才几分钟，安妮·梅瑞迪斯就来了。我亲眼看到她上台阶，只是当时不太确定是她。安妮·梅瑞迪斯一走，洛里默太太就上床睡觉了。据女仆的印象，当时她没有写信。而基于某种理由——回头等我说明昨天来访的经过，你就明白了——我不相信在我来之前她就写好了那三封信。所以，她究竟是什么时候写的信呢？"

"仆人睡了以后？"巴特尔提示说。

"有可能，但还有一种可能：她根本没写过信。"

巴特尔吹了声口哨。“老天，你是指——”

电话尖啸起来。警员拿起听筒听了一会儿，然后转向巴特尔。

“长官，奥康诺警员在德斯帕的住所汇报，德斯帕可能去了泰晤士河边的沃林福德。”

波洛又抓紧巴特尔的手臂。“快，朋友，我们也去沃林福德。不瞒你说，我放心不下。这件案子可能还没结束。朋友，我再说一遍，那位小姐，她是个危险人物。”

第二十九章　意外

“安妮。”露达说。

“嗯？”

“不，安妮，别边玩字谜边心不在焉地回答我。我要你认真听我说的话。”

“我很认真啊。”

安妮直起身子，放下手里的纸。

“这才对，听着，安妮，”露达犹豫着，“马上要来的这个人。”

“巴特尔警司？”

“没错，安妮，我希望你告诉他你在班森家的那件事。”

安妮的语气顿时变得像块冰。

“荒唐，为什么要告诉他？”

“因为——嗯，你不说，给人感觉就像刻意隐瞒什么似的。我相信说出来比较好。”

“现在有嘴也说不清了。”安妮冷冷地答道。

“你一开始就说出来该多好。”

“嗯，想那些也来不及了。”

“是啊。”露达似乎仍未信服。

安妮烦躁地说：“总之我看不出有什么理由提那件事，跟这次的案件一点关系也没有。”

“当然没有。”

“我只在那儿住了两个月。他调查我的背景只是作为参考而已，才两个月，毫无意义。”

“嗯，我明白，是我太笨了。但我一直很担心，总觉得你应该说清楚。你想，万一哪天那件事被人翻出来，就会造成非常不好的印象——我是指他们会觉得你刻意隐瞒。”

“我看不出怎么会被人翻出来。除了你，没有人知道那件事。”

“不，不会吗？”

露达语气中那一丝犹疑，仿佛突然扎了安妮一下。

“怎么，还有谁知道？”

“啊，康比埃克的人都知道嘛。”露达结巴了一下才说。

“噢，那些人！”安妮耸耸肩，“警司不太可能遇到那里的人，否则也太巧了。”

“巧合也难免啊。”

“露达，你就爱来这一套，大惊小怪，小题大做，自乱阵脚。”

“真对不起，亲爱的。可是你知道，万一警方认为你……刻意隐瞒，天知道他们会怎么想呢？”

“不可能。谁会告诉他们？知道那件事的除了你就没别人了。”

这是她第二次说这句话了。这一次她的语气有细微的变化，怪怪的，似乎正在盘算些什么。

“唉，你早点告诉他们就好了。”露达无奈地叹道。她内疚地望着安妮，安妮却没看她，而是皱着眉头呆坐着，似乎正在构思什么计划。

“德斯帕少校的出现真有意思。”露达说。

“什么？噢，是啊。”

“安妮，他好迷人啊。如果你不喜欢他，拜托，拜托，拜托把他让给我！”

“别傻了，露达。他根本不在乎我。”

“那他为什么来了好几次？他肯定对你有感觉，你就是他喜欢拯救的那种落难少女。你无助的样子特别美丽，安妮。”

“他对我们俩一样好啊。”

“那是因为他本来就很和善。不过，如果你不喜欢他，我就可以扮演一个同情他的好朋友，安抚他受伤的心，说不定最后就能得到他了，谁知道呢？”露达顾不上矜持了。

“我相信他对你的印象不错，宝贝。”安妮笑道。

“他的后颈好迷人啊，”露达叹道，“红棕色的，肌肉又发达。”

“亲爱的，非得这么恶心吗？”

“你喜不喜欢他，安妮？”

“喜欢，喜欢极了。”

“我们不是恬静的淑女吗？我觉得他也有些喜欢我，比不上他喜欢你的程度，但多少有一点点。”

“噢，反正他对你的印象确实不错。”安妮说。

她的语气中再次掺杂了某种不寻常的东西，但露达没听出来。

“大侦探什么时候才来啊？”她问。

“十二点。”安妮沉默了片刻，然后说，“现在才十点半。我们去河边吧。”

“可是，德斯帕不是说十一点左右要来吗？”

“为什么非得在家里等他？不如留个口信给艾斯特维尔太太，说我们去河边了，他自然会从河边的纤道来找我们。”

“有道理，我妈妈常说，女孩要摆摆架子！”露达大笑起来，“那就走吧。”

她走出房间，穿过花园门。安妮跟在后面。

约十分钟后，德斯帕少校来到温顿别墅。他已经提前来了，却获悉两个女孩都不在，不禁有些吃惊。他穿过花园，穿过田野，拐上临河的纤道。

艾斯特维尔太太不急着继续干杂活，而是目送了他一会儿。

“他看上其中一个了，”她自言自语，“我猜是安妮小姐，但也不一定。从他脸上看不出来，他对她们俩都一样好。不知道两位小姐是不是也都喜欢他。如果那样，她们以后的关系就不一定这么好了。他真不该夹在两位小姐中间。”

想到能为正在萌芽的恋情助推一把，艾斯特维尔太太兴奋不已。她返身进屋去洗早餐的碗碟，这时门铃又响了。

“这个门铃真烦，”艾斯特维尔太太抱怨，“肯定是故意按得这么响。我猜是送包裹，不然就是电报。”她慢吞吞地去开门。

门口的两个人，一位是小个子的外国绅士，另一位是大块头的英国人。后面这位她有印象。

“梅瑞迪斯小姐在家吗？”“大块头”问道。

艾斯特维尔太太摇摇头。“刚出去。”

“真的？往哪边走了？我们没碰到她。”

艾斯特维尔太太暗暗打量着另一位先生那惊人的小胡子，一边想这两位朋友的外形也差太多了，一边主动介绍更详细的情况。

“去河边了。”她解释说。

另一位先生突然插话。

“另一位小姐呢？达维斯小姐？”

“两人都去了。”

“啊，谢谢。”巴特尔说，“我想想，去河边走哪条路？”

“左转，从这条巷子走下去，”艾斯特维尔太太立即答道，“到了纤道再往右拐。我听她们说要走这条路。”她又好心地补了一句，“刚走不到十五分钟，很快能追上。”

她好奇地望着他们的背影，颇不情愿地关上门嘀咕着：“搞不懂你们是谁，记不住。”

艾斯特维尔太太回到厨房的水槽边。巴特尔和波洛则先往左走进一条蜿蜒的短巷，很快便来到沿河纤道上。

波洛步履匆匆，巴特尔不禁好奇地望着他。“怎么回事，波洛先生？你似乎很着急。”

“没错。朋友，我非常不安。”

“出什么状况了吗？”

波洛摇摇头。“还没有，但有很多可能性。人算不如天算啊。”

“你一定有心事。”巴特尔说，“今早你急匆匆催我赶过来，一分钟都不肯浪费。真的，刚才你还逼特纳警官全速开车！你到底害怕什么？那个女孩已经得逞了。”

波洛沉默不语。

“你到底害怕什么？”巴特尔追问。

“在这种情况下，一般说来，我们最怕的是什么？”

巴特尔点点头。“的确。我在想——”

“想什么，朋友？”

巴特尔慢慢地说：“我在想，梅瑞迪斯小姐知不知道她的朋友已经向奥利弗太太透露了一件事。”

波洛赞赏地点点头。

“快点，朋友。”他说。

他们沿着河岸迅速走下去，水面上看不到船只。拐过一个弯，波洛猛然停步，巴特尔眼尖，也看见了。“是德斯帕少校。”他说。

德斯帕少校在他们前方两百码左右，正在河岸上大步前行。不远处，河上的一艘平底船里坐着两位少女，露达撑着篙，安妮躺着朝她大笑。两人都没往岸上看。

紧接着，出事了！安妮伸出手，露达一个趔趄，跌下船去，绝望中她抓住了安妮的袖子。船身猛晃，船翻了，两个女孩都在水中挣扎。

“看见了吗？”巴特尔边跑边喊，“小梅瑞迪斯抓住她的脚踝，把她推进水里。老天，这是她第四次杀人！”

他们拼命往前冲，但前面还有一个人。两个女孩显然都不会游泳。德斯帕一路飞奔到最近的下水处，一个猛子扎进水中，朝她们游去。

“天哪，有意思，”波洛惊呼，抓住巴特尔的手臂，“他会先救谁？”

两个女孩的位置不在一起，之间相隔十二码左右。

德斯帕奋力游向她们，一路都很顺利。他直接游到露达身边。

巴特尔也赶到岸边，下水救人。德斯帕已将露达救到河畔，把她扶上岸放下，又下水游向安妮挣扎的位置。

“小心，”巴特尔高喊，“有水草！”

他和巴特尔同时游到那里，但安妮已经沉下去了。最后他们总算捞起她，合力拖上岸。

波洛正在照顾露达。她已经坐起身，呼吸紊乱。

德斯帕和巴特尔将安妮·梅瑞迪斯放下。

“人工呼吸，”巴特尔说，“唯一的办法。不过她恐怕已经完了。”

他有条不紊地开始抢救，波洛在一旁准备接手。德斯帕跌坐在露达身边。

“你不要紧吧？”他的嗓音嘶哑。

她慢慢说：“你救了我。是你救了我——”她朝他伸出双手，他接过来握住。她突然流下热泪。

他说：“露达——”两人的手紧握在一起。

他脑中忽然浮现出一番景象——非洲丛林里，露达陪在他身旁，不畏艰险，笑得那么开心。

第三十章　谋杀

“你的意思是，”露达一脸不相信，“安妮故意把我推下去？感觉是有点像，而且她知道我不会游泳。不过，她真是故意的？”

“绝对是故意的。”波洛说。

他们坐的车正行驶在伦敦郊外。

“可是，可是，为什么？”

波洛好一会儿没回答。他猜到了安妮下手的动机之一，而这个动机此时正坐在露达身边。

巴特尔警司咳嗽一声。

“达维斯小姐，你得有心理准备。你的朋友曾在班森太太家住过，班森太太并不是死于意外——至少我们有理由作此推断。”

“这话怎么说？”

波洛说：“我们相信是安妮·梅瑞迪斯偷换了药瓶。”

“噢，不，不，太恐怖了！不可能。安妮？她为什么要这样做？”

“她有她的动机，”巴特尔警司说，“不过，达维斯小姐，在梅瑞迪斯小姐看来，你是唯一能向我们提供那次事件相关线索的人。你应该还没告诉她，你对奥利弗太太透露过那件事吧？”

露达缓缓答道：“没有。我怕她生我的气。”

“当然会，而且会气得要命。”巴特尔警司严肃地说，“她以为你是唯一能威胁到她的人，所以决定，呃，除掉你。”

“除掉？我？噢，太狠了吧！这不可能。”

“唔，她已经死了，”巴特尔警司说，“这个话题就到此为止吧。可是，达维斯小姐，你不该交这样的朋友，这是事实。”

汽车在一座房子门口停下。

“这里是波洛先生家，”巴特尔警司说，“我们进去，好好讨论一下这件事。”

一进波洛的客厅，奥利弗太太便迎上来。她正在款待罗伯茨医生。两人喝了雪利酒。奥利弗太太头戴臃肿的新帽子，身穿天鹅绒套装，胸口有个蝴蝶结，上面沾着一片醒目的苹果核碎屑。

“请进，快请进。”奥利弗太太殷勤招呼客人，似乎这是她家而不是波洛家，“我刚接到你们的电话，就赶紧打电话请罗伯茨医生一起赶过来，他连奄奄一息的病人都顾不上了。也许他们会自己好起来吧。我们想听听整件事的经过。”

“是啊，我彻底糊涂了。”罗伯茨医生说。

“好吧，案了到此结束了。谋杀夏塔纳先生的凶手终于找到了。”

“奥利弗太太也这么说。居然是那漂亮的小东西，安妮·梅瑞迪斯。我简直不敢相信。谁能想到她会是凶手？”

“就是她。她名下记着三起谋杀——第四次没得逞，不过也不是她自己搞砸的。”

“难以置信！”罗伯茨咕哝着。

“不见得，”奥利弗太太说，“外表最不像的人——这一点真实的人生跟小说好像差不多嘛。”

“今天真是不可思议的一天，”罗伯茨说，“先是洛里默太太的遗书——据说是伪造的？”

“对，伪造了三份。”

“梅瑞迪斯小姐也伪造了一封信给自己？”

“自然。伪造的手法很高明——当然骗不过专家，但按照当时的情况，我们不太可能会想到要做笔迹鉴定。所以证据都显示洛里默太太是自杀。”

“波洛先生，我实在好奇，你怎么会怀疑她不是自杀？”

“我在奇尼小区跟她的女仆谈过话。”

“她告诉你昨天晚上安妮·梅瑞迪斯去过？”

“这是其中一点，还有别的。而且，我心里对凶手的身份已经有结论了——我是指杀夏塔纳先生的人。那个人不是洛里默太太。”

“你怀疑梅瑞迪斯小姐的根据是？”

波洛举起手。“别急，让我用自己的方式来说明。换句话说，用排除法。杀夏塔纳先生的凶手不是洛里默太太，不是德斯帕少校，说来奇怪，竟然也不是安妮·梅瑞迪斯——”

他倾身向前，那松弛、轻柔的嗓音，就像一只猫。

“是这样的，罗伯茨医生，你就是杀死夏塔纳先生的凶手，而且你还杀害了洛里默太太——”

现场至少沉默了三分钟。然后，罗伯茨阴险地笑了起来。

“你疯了吗，波洛先生？我当然没杀夏塔纳先生，更不可能杀洛里默太太。亲爱的巴特尔，”他转向苏格兰场的警司，“你总该说句公道话吧？”

“你最好先听波洛先生说完。”巴特尔平静地说。

波洛说：“说真的，虽然我早就知道杀夏塔纳的是你，而且只可能是你，但要证明却不简单。洛里默太太的案子就不同了。”他倾身向前，“这次并不是靠我的推理，其实简单得多——有一名目击证人亲眼见到你的谋杀过程。”

罗伯茨顿时安静了。他眼神闪烁，突然呵斥道：“你胡扯！”

“噢，不，我可没有。当时是大清早，你装腔作势地闯进洛里默太太的房间，她头一晚吃了安眠药，还睡得很沉。你又虚张声势，假装看她一眼，说她死了！然后打发女仆去拿白兰地和热水什么的，只留你自己在卧室里，女仆根本不可能注意到你的举动。后来呢？

“罗伯茨医生，你可能不太了解，有些专门清洁玻璃的公司一贯在清晨工作。有一位带着梯子的清洁工几乎和你同时抵达。他把梯子靠在房子侧面，开始干活儿。他最先擦的就是洛里默太太卧室的窗玻璃。他一看到屋内的情景，立刻闪到另一扇窗户旁边，但你的所作所为已被他看在眼里。他会亲口向我们作证。”

波洛轻轻走到门口，转了转门把手，招呼道：“进来吧，史蒂芬。”又返身走回来。

一个身形高大、笨手笨脚的红发男子走进来，手里的帽子上有“切尔西玻璃窗清洁公司”的字样，不知所措地转来转去。

波洛问：“这个房间里有你见过的人吗？”

那人东张西望一阵，然后有点不好意思地朝罗伯茨医生点点头。“他。”

“告诉我们，你上次看见他是什么时候，当时他正在做什么？”

“是今天早上，我的任务是八点钟去奇尼小区一位太太家干活。我开始擦窗户。那位太太还没起床，好像生病了。她在枕头上转了转头。这位先生好像是医生。他把她的袖子推上去，给她的手臂上打了一针。”他比画着，“然后她又倒回枕头上。我觉得还是换一扇窗户比较好，就躲开了。我应该没有做错什么吧？”

“你做得非常好，朋友。”波洛说。

他平静地问：“怎么样，罗伯茨医生？”

“是，是一剂简单的兴奋剂，”罗伯茨结结巴巴地说，“希望能把她救回来。你不要陷害我——”

波洛打断他。

“简单的兴奋剂？N—甲基—环己烯—巴比妥酸尿素……”波洛熟练地吐出一连串音节，“俗称‘依维派’。通常用作小手术的麻醉剂，大量注射会使人立刻失去知觉。如果服用了弗洛那或其他巴比妥系列的药品再注射，会非常危险。我发现她手臂上有一处瘀伤，显然有药物从那里注入血管。我咨询了法医，经过内政部的专家查尔斯·英佛瑞爵士亲自检验，很快就验出了药物的成分。”

“这就足够让你完蛋了，”巴特尔警司说，“甚至没必要证明夏塔纳那个案子是你干的。当然，如果有必要，我们也可以进一步指控你谋杀了查尔斯·克拉多克先生——多半还有克拉多克太太。”

一提这两个人，罗伯茨彻底崩溃了。

他颓然倒在椅背上。“我投降。你们赢了！估计那天你们去赴宴之前，狡猾的夏塔纳已经向你们透过风声了。我还以为永远封住了他的嘴。”

“你该感谢的不是夏塔纳，”巴特尔说，“荣耀属于这位波洛先生。”

他走到门口，两名手下走进来。

巴特尔警司用公事公办的口吻正式宣读了逮捕令。

嫌疑人被带走了。房门刚关上，奥利弗太太就兴高采烈但不太诚实地说：“从头到尾我都说是他干的！”

第三十一章 底牌

这是属于波洛的时刻，每张脸都充满期待地转向他。

“多谢捧场，”他微笑着说，“我总喜欢来一小段结案陈词。我真是个啰唆的老头儿。

“这个案子，在我看来，称得上我平生所见最有趣的案子之一。一开始完全无从下手。四个嫌疑人，其中一定有一名凶手，可究竟是哪一个？有证据吗？从物理意义上说，没有。没有任何有形的线索——没有指纹，没有可佐证的文件，只有那四个人本身。

“唯一可参考的具体线索，就是桥牌计分表。

“你们大概还记得，从一开始我就对这些计分表特别感兴趣。从中可以看出不同计分人的某些特征，这还仅仅是开始。计分表给了我一个价值连城的暗示。我立刻发现，第三轮打出了超乎寻常的一千五百分。这个数字只有一个含义——有人叫‘大满贯’。另一方面，如果有人决定在打桥牌这种特殊场景里犯罪，那必然要冒两个重大风险：第一，被害人也许会叫出声；第二，即便被害人没喊出声来，也不排除另三位牌友中恰好有人一抬头，目睹了凶手动手的那一刹那，从而成为目击证人。

“前一个风险无法预防，完全依赖赌徒的运气，后一个就不一样了。如果牌局引人入胜又惊险刺激，三位牌友必然全神贯注；如果牌局进程平淡，那他们东张西望的可能性就比较大。‘大满贯’叫牌总是激动人心的，往往伴随着加倍，这一局也不例外。三位牌友肯定全身心扑在牌局里——叫牌的一方想赢得墩数，对方则要通过精确的出牌来破坏他的计划。所以，谋杀发生在这特殊的一局中的可能性非常大。我决定尽可能了解叫牌的过程，结果立刻发现这一局的明手是罗伯茨医生。我记住了这一点，然后又尝试另一个角度，也就是心理学上的可能性。四个嫌疑人中，我认为最有可能精心设计、成功执行一次谋杀的人，是洛里默太太，但我不认为她会一时冲动杀人。另一方面，当天晚上她的反应令我很迷惑，我感觉要么她是凶手，要么她知道谁是凶手。梅瑞迪斯小姐、德斯帕少校和罗伯茨医生从心理学角度来说都有可能，我之前说过，他们作案的出发点可能截然不同。

“我做了第二个试验。我依次让每个人谈谈对那个房间的印象。由此，我获得了宝贵的资料。首先，最有可能注意到匕首的是罗伯茨医生，他天生擅长观察各种琐碎的东西，也就是特别眼尖。但他几乎完全记不清牌局的状况。我不奢望他能记住多少，但他居然忘得彻彻底底、一干二净，这说明整晚他都另有心事。看，嫌疑又一次指向罗伯茨医生。

“洛里默太太记牌的能力令我叹为观止，想来像她这种专注度超群的人，即便谋杀就发生在身旁，也不可能察觉。她提供了一条珍贵的线索：那次‘大满贯’是罗伯茨医生叫的，完全不合牌理，而且叫的不是他自己的牌，而是洛里默太太的，于是她不得不努力去做那手大满贯定约。

“第三次尝试是追溯过去的谋杀案，试图找出雷同的手法，巴特尔警司和我都大有收获。这些发现要归功于巴特尔警司、奥利弗太太和瑞斯上校，他们发掘出了许多资料。我和巴特尔讨论时，他表示很失望，看起来过去那三起事件与夏塔纳先生的谋杀案毫无共同点。其实不然。如果从心理学角度而不是实证角度来看，罗伯茨医生牵扯进的那两个案子正和本案模式相同。那两个案子也是我所谓的‘公然’谋杀。医生上门诊治病人，名正言顺地去洗手，趁机将病菌抹在被害人洗手间里的刮胡刀上。谋杀克拉多克太太则用伤寒预防针作为掩护，又一次公然动手，可以说是当着大家的面作案。而且这家伙的行动模式也一样，被逼到角落里之后，逮着机会便立刻反扑——凶猛、大胆、不计后果地搏命一击，跟他打桥牌的风格如出一辙。谋杀夏塔纳时，他同样冒了巨大的风险，换来丰厚的回报。他出手干净利落，时机的选择也恰到好处。

“就在我锁定罗伯茨医生的时候，洛里默太太忽然叫我去见她，而且招认她是凶手！我差点就相信了！有那么一刻我真的相信了她，然后我的小小灰色细胞重新占了上风。不可能，绝不可能！

“但她接下来的话令我更摸不着头脑。

“她说亲眼看到了安妮·梅瑞迪斯杀人。

“直到第二天一早，站在那个死去的女人床边，我才想通了，我是正确的，但洛里默太太也没撒谎。

“安妮·梅瑞迪斯走到壁炉边，发现夏塔纳先生已经死了！她俯身看了看他，说不定还伸手去摸那亮晶晶的宝石领针呢。

“她差点张嘴惊呼，但最后没喊出来。她想起晚餐时夏塔纳那番话，也许他捏着什么把柄，而她，安妮·梅瑞迪斯，完全有希望他死掉的动机。人人都会说她是凶手。她不敢出声，害怕得浑身哆嗦，回到了座位上。

“所以洛里默太太说得对，因为她自以为看见了案发的那一瞬间。但我的想法也没错，因为她目睹的其实并不是作案过程。

“如果罗伯茨就此罢手，我们未必能让他俯首认罪。当然，通过虚张声势等各种计谋，也许我们能让他上钩，我无论如何会试一试。但他吓破了胆，又一次叫了过高的牌。这回好运没有眷顾他，他栽了个大跟头。

“他肯定坐立不安。他知道巴特尔正四处查访。他也预感前景难料，警方的调查仍在继续——万一奇迹出现，他从前的罪行将会露出马脚。他想到一个绝妙的主意：让洛里默太太当替罪羊。凭着医生的眼光，他肯定看出她身患重病、不久于人世。在这种情况下，她干脆主动告别人世，死前坦白了罪行……多么自然的结局！于是他设法搞到洛里默太太的笔迹，伪造了三封信，一大早匆忙赶到她家，谎称刚收到遗书。他家的女仆已按吩咐报警，他只要抓住时机下手就行了。他成功了，警方的法医赶来时，为时已晚。罗伯茨医生按事先想好的口径，表示他采用了人工呼吸，但没有奏效。完美的布局，在别人的眼皮底下作案。

“他从头到尾都没打算嫁祸给安妮·梅瑞迪斯，他甚至不知道昨天晚上她来过。他的目的只是将洛里默太太之死伪装成自杀而已。

“我问他认不认识洛里默太太的笔迹，那一刻他别提多尴尬了。既然警方已经发现遗书是伪造的，他为求自保，只能表示从没见过她的笔迹。他的脑筋转得很快，但还不够快。

“我从沃林福德打电话给奥利弗太太。她打消了罗伯茨的顾虑，带他来这里。他暗自庆幸，虽然没按他的计划进行，但这种结果也不错。这时赫尔克里·波洛突然发难！于是，赌徒无计可施，只能摊牌认输。剧终。”

众人都说不出话来。露达发出一声叹息。

“太走运了，擦窗工刚好在那里。”

“走运？走运？那和运气无关，小姐，是赫尔克里·波洛的小小灰色细胞发挥了作用。你提醒了我——”

他走到门口。

“进来，进来吧，好家伙，你演得真棒。”

擦窗工跟着他走进来，手里抓着红色的假发，完全变了一个人。

“这是我的朋友杰拉德·海明威先生，一位前途无量的演员。”

“所以根本没有什么擦窗工？”露达惊呼，“没人看见他杀人？”

“我看见了，”波洛说，“心灵的眼睛比肉眼看得更清楚。只要往后一靠，闭上双眼——”

德斯帕开心地说：“我们捅他一刀，露达，看他的鬼魂会不会回来查出是谁干的。”

图书在版编目（CIP）数据

底牌 /（英）阿加莎·克里斯蒂著；辛可加译．--2 版．-- 北京：新星出版社，2021.4（2024.4 重印）

ISBN 978-7-5133-3835-6

Ⅰ．①底… Ⅱ．①阿… ②辛… Ⅲ．①侦探小说－英国－现代 Ⅳ．① I561.45

中国版本图书馆 CIP 数据核字（2021）第 041129 号

午夜文库
谢刚 主持

底牌（精装纪念版）

[英] 阿加莎·克里斯蒂 著；辛可加 译

责任编辑：曹晓雅　　**统筹编辑**：王　欢
责任印制：李珊珊　　**责任校对**：刘　义
封面插图：宣　和　　**封面设计**：周伟伟

出版发行：新星出版社
出 版 人：马汝军
社　　址：北京市西城区车公庄大街丙3号楼　100044
网　　址：www.newstarpress.com
电　　话：010-88310888
传　　真：010-65270449
法律顾问：北京市岳成律师事务所

读者服务：010-88310811　service@newstarpress.com
邮购地址：北京市西城区车公庄大街丙 3 号楼　100044

印　　刷：北京天恒嘉业印刷有限公司
开　　本：889mm × 1092mm　1/32
印　　张：8.375
字　　数：154千字
版　　次：2021年4月第二版　2024年4月第九次印刷
书　　号：ISBN 978-7-5133-3835-6
定　　价：52.00元